U0691995

中国专业作家散文典藏文库

中国专业作家散文典藏文库

吴玄卷

猫看

吴 玄 ◎ 著

中国文史出版社

目　　录

猫　　看

猫　　说

猫　痕

猫　看

徐则臣印象

　　我和徐则臣，很勉强地也可算同门师兄弟的。但徐则臣是在北大中文系读研究生，北大是所谓中国最高学府，那么徐则臣就是太学生了，所以这个师兄弟，像我这样的流浪汉，还是不要乱认的好，免得被人笑话。

　　事情是这样的。二〇〇二年，我在鲁迅文学院首届中青年作家高级研讨班混，鲁院也实行导师制，每人可以自选一个导师，我和陈继明等五人选了曹文轩先生。曹文轩是北大教授，当时他在北大开了一门"小说半月谈"的讨论课，顺便也叫我们几个参加讨论，于是我们就每隔半个月去一趟北大。曹先生好像并不拿我们当学生，而是当客人，每次都是他先请我们吃饭、闲聊，然后带我们去中文系的一间小会议室。说实在的，他这个导师当得很亏，若是我，这样的导师一定不当。但于我，却是最快活不过的事，不但有的吃，还有美女可鉴赏，讨论课上的女生，比鲁院的女作家们可养眼得多了。

　　我就在讨论课上认识徐则臣了。在人群中，徐则臣并不引人注目，但是，如果他发言，情况就不同了。有一次，他发言了，声音虽然不怎么响亮，但底气很足，他在比较两位女作家的小说，萧红的《呼兰河传》和魏微的《流年》。我不记得他是怎样比较的了，但我记得他的结论：魏微的《流年》比萧红的《呼兰河传》好。这个结论让我有点吃惊，我问身边的同学，这个人是谁？他的同学回答：徐则臣。接着又低声说，他也是写小说的，一个月写一部长篇，已经写了一百多万字了。我就更加吃惊，吃惊得肩膀都耸了起来。他也就二十岁出头，长得土头土脑的，上嘴唇还稍稍有些上翘，看上去尚未发育成熟。这个年纪写小说并不稀奇，我吃惊的是他居然写得那么快，我对那么快的写作速度向来是不以为然的，吃惊之余我又怀疑起来。但不管怎样，他已经写了一百多万字，终究是不容易的。

毕竟都是写小说的，互相总有话可说，我们很快成了朋友。徐则臣是一个很好的朋友，他的脸上有一种让人放心的纯朴和憨厚，我可以想说什么就跟他说什么，不用担心日后反目。好像他不是个心里有无数想法的小说家，而是扛着锄头刚从田里归来的农夫，我也是乡下人，对他的这种表情很有亲近之感，仿佛他就是我的弟弟。有时，他也喜欢装装泡妞大师的样子，在电话那头盛情地说，来呀，来呀，来北大啊，有美女啊。但北大似乎跟他全无关系，听他的简直令人绝望，每回我见到的还是他那张土头土脑的脸，谈的永远都是小说如何如何。

后来，他便往我的邮箱里塞小说，头一次，就是七八个中短篇。老实说，看得我差点儿崩溃了，但我终于看见了《花街》。《花街》的叙事不动声色，很是沉静，不太像一个月就写一个长篇的人写的，也不太像一个二十几岁的人写的，《花街》有一种遥远的旧的南方气息。能够把小说做旧，我以为是一种不寻常的

4

能力，是一种境界。这个小说后来发在《当代》上，大概是徐则臣第一个引人注目的小说，可能是一发而不可收了，他很快就拓展了《花街》的空间，形成了一个繁复的系列，比如《失声》《石码头》《古代的黄昏》，《花街》在文学地图上，已经颇有些气象了。

写完这些，他的写作速度也变慢了，这真是一个好消息。他说，现在不行了，怕快。希望笔能慢下来，敲键盘的手指能慢下来，喜欢对着电脑屏幕莫名其妙地点头斟酌的感觉。事实上写作的速度也的确慢了下来，并且尝到了慢下来的甜头。踏实，实在，每一个细节都落到了实处。而再回头看过去那些飞跑的文字，觉得它们就是一群狂奔的摩托车，因为速度过快飘了起来，它们脚不沾地地跑，跑得我心虚脸红，我就想，那个时候我怎么跑得那么快？为什么就不能慢一点儿？想了半天才发现，不是不想慢，而是慢不下来。所以怕快其实还有第三个原因，也是最重要的原因：那时候还不具备慢下来的能力。

我只能这么随意地说说他的个别小说，又抄一段他的创作谈，以证明慢是好的。关于他的小说的总体印象，实在是不好说。他好像正在试验各种各样的小说，他有无数个方向，《花街》系列仅仅是其中的一个品种，他的产量又高，几乎把当下的文学期刊覆盖了一遍。但他追求的未必就是他擅长的，有些小说我甚至认为可以不拿出来发表的。比如前面的《鹅桥》，我觉着没意思，不仅没意思，还有点装模作样。我在电话中就这么说了。但徐则臣不这么认为，他说，哦，哦，观点不同，观点不同。他在追求一种谜语的效果，《鹅桥》是他最满意的短篇之一，他要让读者去猜《鹅桥》中的父亲究竟有没有来过鹅桥。我是读者，我对猜谜不感兴趣，《鹅桥》中的父亲究竟有没有来过鹅桥，我一点儿也不想猜。况且，把小说弄成一则那么长的谜语，是否有点奇怪。当然，这只是我的一面之词，我的话算个什么呢。小说弄到现在，确实是很不好说了，不论什么小说，你只要给它一个理由，它似乎就是成立的。没准儿《鹅桥》还真是一篇好小说，所以我不想妄加评论它不好，我只能说我不喜欢。

我想这要怪评论家，他们捣出无数的理论，破坏我的直觉，害我连好与不好也不好说。但我又想学学评论家，随便拿个小说，看上两眼便断定它是一部史诗、一部经典、一部伟大的小说，那样信口开河，真是很有快感。

现在，我也断定徐则臣正在快速的生长当中，在这个文学理论极为混乱的年代，他会有一个属于他自己的文学理论，我想有一天能看到他堪称经典的小说。

老孟的酒事

好些年前，我在呼和浩特的一家酒庄看见一个皮制酒囊，武士造型，披着牛皮铠甲，双臂叉腰，三四分具象，六七分抽象，看起来很是可爱而又威猛。我请售货小姐把酒囊拿来瞧瞧，我摸了摸，又摸了摸，就莫名笑了起来。小姐问，笑啥呀？我说，这酒囊太精神了，它让我想起了一个朋友。

我想起的朋友就是老孟。那个酒囊，若不将它当酒囊，把它当作老孟我觉着也是可以的，他们之间不仅形似，八九分神似也是没问题的，只是老孟比酒囊更高大更威猛些，可以装更多的酒而已。

老孟，是别人的叫法，我通常叫他孟老，也不算尊称，我只是觉着把老孟倒过来叫更好玩一些。其实，老孟、孟老、孟繁华，随便怎么叫都行，反正他是没大没小的，而且老孟似乎更乐意做小。有一个深夜，确实是深夜，深到了凌晨三四点，我、老孟、魏微在北京老孟家附近的一间小夜店喝酒，喝着喝着，我们就觉着老孟变小了，魏微突然说，我是你姐。从此，老孟就叫比他小二十几岁的魏微为姐，老孟打电话给魏微说，姐，我是姐夫。

老孟的好玩就在于此，不只是喝酒，还会说好玩的胡话。戴来每次与老孟喝酒，总是把自己舌头也喝短了，还要打个电话报告一下，呵呵，我们跟老孟玩，呵呵，我们把老孟玩坏了。

与老孟玩，当然是喝酒。老孟喝酒是不用别人劝的，他劝别人喝酒，自己干了，别人没干，他也是看不见的，他并不在乎别人喝不喝，他在乎的是自己要喝。有时，我们觉着毕竟是孟老了，上年纪了，不能这样乱喝，就训斥他，老孟，老孟，够了，你不能再喝了。老孟遭到训斥，忽然一惊，酒杯停在胸前，目光落在酒杯里，嗫嚅道，求求你，请允许我再喝一瓶好不好。

其实，老孟的酒量并没有他自己吹嘘的那么高，他只是好酒而已。我见过酒量远甚于老孟的，譬如温州的哲贵，哲贵喝酒就像喝的是空气，进去就没了，永远跟没喝一样，是那种无可救药的"酒冷淡"。如果老孟的酒量也高到"酒冷淡"的地步，也就没意思了。我想，再没有比哲贵喝酒更没劲的了，你很努力了，干劲十足了，也舒服了，但他一点儿也不兴奋，不兴奋也就罢了，他还得假装兴奋。好在老孟的酒量恰到好处，完全不是这样，你拿着一瓶酒，不让他喝，让他看看，他也是很兴奋的。喝了酒的老孟，自然更是眉飞色舞，滔滔不绝。酒喝多了的老孟，不仅仅是酒鬼，批评家、政治家、小品艺术家、好色之徒，他几乎什么都是，他就是整个世界。

我是不喝酒的，而且有些讨厌酒桌，但我乐意陪老孟喝酒，看他喝酒。许多个夜晚，我们从酒馆里出来，老孟在前，健步如飞，冲着车流滚滚的大街，挥手，大喊：同志们好！同志们辛苦了！我顿时觉着，我也喝高了，我也是整个世界。

但是，老孟禁酒了。

准确地说，是被禁酒了，好像是什么高血压之类的原因。用他自己的话说，是被老婆"双规"了，在规定的时间规定的地点交代酒事、房事。房事，我们不知道，但酒，确实是被禁了。当我见到被禁了酒的老孟，几乎是惊呆了，眼前的老孟还是老孟吗？不喝酒的老孟，在酒桌上完全失去了往日的神采，呆若木鸡，连眼珠子也是死的，偶尔偷窥一眼别人的酒杯，泛出一点点光来，又觉着犯了忌，迅速地移开，目光也迅速地暗淡了下去。我们看着老孟这个样子，实在是痛心，鼓励说，算了，别禁了，喝吧，喝吧。老孟沉默许久，又长叹一声，唉，不喝，不喝。可是，老孟是酒做的啊，他的身体是酒做的，灵魂也是酒做的，不喝酒的老孟是多么的煎熬啊，就像福克纳说的，老孟在煎熬。

老孟到底还是开禁了，开禁了的老孟分明感到了喝酒不易，比以前喝得更欢。

去年九月，在杭州，老孟中午喝了一轮，晚上喝了一轮，夜宵再喝一轮，酒是红酒、啤酒和白酒。凌晨两点，我和石一枫一人一只胳膊将他绑架回房间，摁倒在床上，我们手一松，老孟炮弹似的弹了回来，不睡，不睡，就是不睡。说着出门逐个房间敲门。此刻，他面对的是房门，不是大街，没得挥手，他的身份由领袖变成了警察，他要抓嫖。我们好不容易把他重新抓回房间，我已满头大汗，累得瘫倒在床上，有"孟繁华青年时代"称号的石一枫也不行了，喘气说，老孟力气真大。

第二日中午，继续喝，美女作家苏沧桑请客，地点就在她的豪宅春江花月里面。酒开了，刚倒了一杯，老孟端着酒杯，端了一会儿，又放下，忽然起身步履缓慢地走出门外，我以为他上洗手间，旋又回来，扶着门框，表情十分严肃道，吴玄，你来一下。老孟从来没有这么严肃过，不知吃饭中间还有什么这么严肃的事情。我出门只见他已经在走廊的椅子上躺下了，嘴巴嚅动着，艰难地说，我不行了，快送我去医院。我说，你怎么啦？老孟断断续续说，胸，喘不过气，酒精，中毒。我扶他起来，细看他的额头爆出了豆粒大的虚汗，脸色是灰的，那一刻，我想到了死，心里充满了悲伤，老孟若是这么喝死了，以后我和谁玩呢。

医院就在江对面，过桥就到了。医生是女医生，戴着口罩，但不戴口罩的部分，看得出来是漂亮的。护士不戴口罩，看起来就更清楚了，更漂亮了。老孟躺在急诊室一角的椅子上，挂着吊瓶，眼是闭着的，对急诊室里的美色完全无动于衷，我和石一枫拿美女逗他，也没有反应，看来，老孟真是不行了。老孟边上躺着一个年轻人，也是酒精中毒来挂吊瓶的，看着老孟有伴，吾道不孤，我也就放心了。大约过了半个多小时，老孟终于睁开了眼睛，巡视了一遍急诊室，终于发现护士是漂亮的，而且最漂亮的护士就是替他挂吊瓶的护士，啧啧道，这医院真不错，护士真漂亮，小姑娘，晚上我请你喝酒。

我和石一枫，同时松了一口气。

再一会儿，老孟躺不住了，单方面宣布自己好了，让漂亮小护士帮他卸下吊瓶。小护士笑笑，你还没好，得挂完。说着就转身走开了。又一会儿，老孟突然坐了起来，看看周围，随手拔了吊针，拉了我和石一枫，快步跑出了急诊室，嘴里还嚷嚷道，他妈的，快走，快走。

路上，老孟又想起了苏沧桑的那瓶酒，郑重地说，苏沧桑的那瓶酒，确实是好酒。

脏话巨人石一枫

　　石一枫在圈内有个别号，叫"老孟之青春版"。老孟就是孟繁华，他们两人确实是挺像的，都高大威猛，都好动，都有表演才华，都是话痨，而且声音都很响，非常响，他们在北京喝酒吃肉，胡说八道，我在杭州都觉着吵。不过，他们在一起却是相当有趣的，一个回首往事，看着自己的青年时代；一个遥望未来，看着三十年后的自己。这青春和未来居然如此之雷同，这人生是否也就相当圆满了？

　　不过，他们还是有不同的地方的，老孟到底是上一代的人物，无论怎样笑谑，身上总有股抹不去的英雄气，这股英雄气正好与他高大威猛的形体相符。石一枫曾经是以"后王朔"自居的，身上有痞气，京痞气。"后王朔"是什么意思呢？以我的理解，王朔是把社会当笑话来谑，而石一枫是把人生当笑话来谑，所以是"后王朔"。十一年前，他刚来《当代》，那时，他刚从北大中文系研究生毕业，才二十五岁吧。那年，他写了一个中篇小说《不许眨眼》，并不复杂的故事，三个男人和一个女人的一次约会，但他滔滔不绝，毫无正经，就像西门庆在酒吧眉飞色舞地谈他的人生，并且他比西门庆还厉害，他的每一个句子都是会飞

11

的，极端地形而下，又极端地形而上，完全显示了一个"后王朔"京痞在语言上的非凡才能。我几乎是被震惊了，想了半天也不知怎么评论这等小说，我只好说，你是天才。但天才总是要先被埋没，毕竟这小说不太靠谱，不太合时宜。《不许眨眼》后来发在《西湖》上，当时的《西湖》并不怎么引人注意，这个天才的小说就这么无声无息地被湮没了。

《不许眨眼》之后，石一枫在文学上暂时还没得到认可，但在现实生活中，他很快就得到了认可。他是文如其人的，他的言说方式与小说中的"我"完全一致，一个具有形而上情怀的伪痞子。他把自己的身段放到最低，就是张爱玲恋爱的那种身段，低到尘埃里去，他先是自谑，然后谑人，谑事，谑物，谑凡可以谑的一切。如果不说话，他也就是一堆肉，也无痞子气，看上去还是蛮严肃的，不过有点萎靡。但一开口，就不同凡响了，嘴巴张开以后，紧接着眉毛飞起来了，眼珠子也飞起来了，手啊脚啊也飞起来了，他的整个身体跟着他的语言在飞。凡是可以不正经的，他绝不会正经；凡是可以说脏话的地方，他绝不会用干净的语言，即便没有脏话可说的地方，他拐弯抹角也能说出脏话来。但太不正经太脏了，他自己又不好意思，他其实是个羞涩之人。他顺便又给自己的脏话加上了一层文学和哲学的包装，反正他多余的才华一时也没地方用，也用不完。这样，他以脏话为中心，为结构，成功建立了一套他自己的形而上的文学的脏话体系。

石一枫成了脏话巨人，在圈内，长时间没有对手，他几乎可以独孤求败了。但这世界确实是天外有天，他意外地败在了一位美女手下。这美女是谁我就不说了，地点是在千岛湖的游船上，他刚拿了《西湖》的"新锐文学奖"，心情很好，千岛湖的风景也很好，越是在好的地方，他越喜欢胡说，这叫解构，很有快感的。忽然，他就和美女较上劲了，只一会儿工夫，只见石一枫面红耳赤，嘴里只剩下虚弱的哈哈声，话是一句也接不上了。美女是那种纯度很高的百分百的纯粹的形而下，他苦心经营的形而上脏话，在美女面前，简直就不堪一击。

这回惨败，石一枫肯定记忆深刻，此后，他做人说话，明显收敛了许多，同时，也可能在相当程度上改变了他的小说叙事。去年，他发表在《十月》的中篇《世间已无陈金芳》，终于让他暴得大名，俨然已经是青年作家的代表人物了。《世间已无陈金芳》中的"我"，依然是《不许眨眼》中的那个"我"，他们是一脉相承的，聪明，无聊，狗眼看世界，似乎摆对了自己在这个世界的位置。但后面那个"我"，也正如石一枫本人，他长大了，成熟了，不再满足于语言的狂欢，不再无来由地戏谑人生，他突然内心充满了压抑许久的悲悯感，因此，他创造了一个现实主义的经典人物——陈金芳。

说美女改变了石一枫，或许只是个玩笑，他的改变应该是得益于《当代》杂志吧。他在《当代》当编辑也有十一年了，众所周知，《当代》一直固守着现实主义，耳濡目染，他向现实主义回归，是再自然不过的事。像石一枫这样才华过剩的作家，如果再给他一片坚实的现实主义根基，是完全有可能成为大师的，我觉着，他已经有那么一点大师的气象了。

"八〇后"与"出局人"

《第八日》好像是中国第一个可以以小说换学位的小说。

七年前，文珍以曹文轩先生新设的"文学创作"专业研究生的身份进入北京大学，那年，文珍才二十一岁，刚刚本科毕业，并无文学创作方面的业绩，而且学的还是与文学毫不相干的金融专业，但二十一岁的金融系本科生文珍却成了中国大陆"文学创作"专业的第一个研究生。这个专业的招生方式应该与别的专业很不同吧，我不知道曹先生是如何看中她的，如何未卜先知地知道日后她将成为一位出色的作家，大概这就是传说中的慧眼识珠吧。

事实上，曹先生并没有看走眼，三年后，文珍的毕业大作《第八日》，虽然并没有撼动文坛，但无论如何是对得起"文学创作"这个专业的。依我看，《第八日》或许还是当下一个重要的小说，只是它的重要性还没有被说出来。文珍不说，别人也不说，但多看几眼，还是很容易看出来的，文珍在《第八日》里创造了一种新的文学人物——出局人。

"出局人"的概念是邵燕君女士在分析某些人物谱系时提出来的，用来概括"八〇后"一代的生存状态的。她描述的"出局人"大体是这样的，他们是"多余人""局外人""陌生人"之后滋生出来的一群人，是后现代的，与之前叛逆、清高、自恋的那些人比，"出局人"对社会现实是认同而自卑的，是想干点儿什么而又什么都干不了的，当世界按照唯一的成功法则分为两半后，"出局人"不是拒绝成功的人，而是无法成功的人。从叛徒到弃民，他们的前辈曾经拥有的道德优越感和智力优越感不复存在，他们的自我完全崩溃。

《第八日》中的顾采采就是一个这样的"出局人"，这样的一个"八〇后"。顾采采从小便有一颗敏感的心，她总无法真正相信她所看见的、听见的、刻意宣传的、极力灌输的。所有白纸黑字书写好的她都怀疑：政治、理想、爱情。她胆小，怕人，不擅长和人群打交道，对她来说，与人相处，还不如与植物相处，因为植物不叫人害怕，而且大部分植物都形态优美，沉默高贵，并扎根大地。但她就读的却是北京某大学的金融系，毕业后做了银行信用卡部的业务员，她明显不适合当一个业务员，不久，领导让她换了一个工种，当会计。但当会计于她，不过是从一个噩梦走进另一个噩梦，她时常梦见一大堆冷冰冰的数字，数字后面全是人，影影绰绰面目模糊不辨男女的隐身人。她难免神经高度紧张，一天比一天更沉默。在这沉默的外表下，顾采采还是有渴望的，她喜欢一项与她性情完全矛盾的游戏——过山车。她好像还是个处女，过山车对她而言，却完整如一场真正意味上的云雨：有缓慢上爬的前奏，有遽然升至顶端的高潮，有突然之间的跌落。不过，过山车真正吸引她的并不是那种巨大而锐利的刺激感，不是可以放声尖叫的情绪宣泄，而是有朝一日失事的可能性。

这期间，她不停地搬家，似乎有一个叫刘小明的人喜欢她，但刘小明只知道工作结婚生子。她似乎在暗恋办公室的一位有家室的中年男人许德生，当她被许德生拒绝，刘小明又告诉她，他有了女朋友，顾采采终于崩溃了。

崩溃了的顾采采，开始失眠。小说其实是在这个时候才开始的，失眠的顾采采，躺在床上，对着记忆中一个叫辛辛的人自言自语——

"辛辛，我想过很多次，或许我对过山车的迷恋只是一种姿态，正如一定要留在北京、喜欢王菲、追求独居、拒绝刘小明，乃至于对许德生的渴望恋慕一样，所有一切都只不过是种姿态。我到底相信什么，喜欢什么，又需要什么？我所宣称自己喜欢的，大多都是生命中实际上不可承受、实际也不需承受的。

"我一天天不再认识自己，也不再认识这个硕大无朋的好世界。"

是的，失眠是自己跟自己的搏斗，是身体与灵魂的搏斗，是身体的崩溃，也是灵魂的崩溃，是睡着的醒，也是醒着的睡，一个失眠的人，身体不是自己的，灵魂也不是自己的，除了失眠，没有什么是自己的。此种状态，让人想起一种同样令人崩溃的理论——后现代。我们总以为中国还处在前现代，没有所谓的后现代，后现代是舶来的，可疑的，不存在的。后现代理论确实是舶来的，不是我们的，其实我们别的一些理论，也是舶来的，也不是我们的。后现代好像也不是什么高深的理论，它只不过是描述了某个历史阶段的状态，历史向前，向前，向前，突然就崩溃了，于是就后现代了，如果要给后现代找一个隐喻，最恰当的是否就是失眠，后现代是否就是历史的一次失眠？

到第八日，顾采采好歹是在过山车里睡着了，小说也就到此为止。这是一个多么令人震惊的结尾，失眠终于像上帝那样抛弃了顾采采，但失眠作为一个巨大的象征，依然在折磨着顾采采，折磨着你、我，我们所有的人。因此，《第八日》不仅仅是关于一个"八〇后""出局人"的精神状况，它无意中也说出了时代的真相。或许，这是一部从失眠开始的关于灵魂的普遍的小说，我们每个人都有过自己的第八日。

哭还是笑?

——怀林斤澜先生

中午，朋友来电话说，林斤澜先生过世了。

林先生是四月十一日过世的，已经两天了，我一点儿也不知道。整个下午，我都在想着林先生，大概这就是怀念吧，我脑子里充满了林先生的形象和他哈哈哈的笑声。我从未想过他有一天也会死的，在我的印象中，他是没有年龄的，不会死的，也不可能死的。

林先生是我同乡，从小我就仰望着，不过，真正见到他，已经是在他八十高龄的二〇〇四年了。那时，我在《当代》当编辑，温州的程绍国兄寄了一篇稿子《文坛双璧》，写的就是林斤澜和汪曾祺。绍国还在电话中说，他准备写一本《林斤澜传》，不以生平而是以人物关系的方式，一章一章写，这是第一章。绍国的文字可能是受过林先生的熏陶，向来是很好的，可以当教科书的。而《文坛双璧》更是让人吃惊，写得实在是太好了，两位先生的音容笑貌，宛在眼前。随后，《文坛双璧》就发在了《当代》上。

汪曾祺和林斤澜在当代文学史上的重要性，大家都是知道

18

的，一个温暖，一个深刻；一个把小说当散文写，一个把小说当诗写；一个使小说回到了传统，一个使小说走向了现代。但是，这些年文坛似乎又把这两位大家给淡忘了，也不知道有什么理由忘掉他们。《文坛双璧》好像唤起了大家对当代文学的某种记忆，从文学史家到一般看着玩的读者，都说好。因此，《当代》专门为程绍国开辟了一个专栏，连载了两年。后来，书也是由人民文学出版社出的，最初绍国定的书名是《林斤澜的世界》，我觉着不太好，就改为《林斤澜说》。

那两年，每隔一些时间，绍国便要来一趟北京，看望林先生，并搜集资料。绍国的到来，也就是我去看望林先生的时间。第一次见到他，是在复兴门附近的一小套房间内，房间好像相当简陋，我不记得了，我只记住了他的脑袋。他的脑袋看起来是透明的，会发光的，再细看，头发是全白的，眼神是清澈的，很有些返老还童的意思。当时，林先生一点儿也没有老的迹象，还在写小说，每天走路两小时，说起话来中气十足，尤其是哈哈哈的笑声，极具感染力，会让人忘乎所以。

不久，林先生搬到了和平门，房间还是不大，书房和客厅是合二为一的，书房或者说客厅，一面墙上摆了一个多宝阁，摆满了各式各样的空酒瓶。原来他不仅好酒，还好空酒瓶。林先生好酒是有名的，和汪曾祺、陆文夫、高晓声并称文坛"酒中四仙"，只是林先生的境界可能更高些吧，他可以不喝酒，看看空酒瓶也很满足。

林先生据说从来不醉，不过，他的酒量已经被女儿布谷控制了起来，一餐不得超过三杯的。我们一起吃饭，布谷通常不在，但林先生饮过三杯，也就打住了，只是拿眼望着酒瓶。我们说，

19

再喝，再喝，布谷不在。林先生想想也对，于是再喝。这个时候，林先生更像一个小孩了，在他面前，我本来就喜欢乱说，这时，就可以更加乱说了。林先生一生除了夫人，好像再没爱过别的女人，这个，我总觉着是个遗憾，一个作家，怎么可以没有风流韵事呢？我说，林老，你除了老婆，真的没有了？林先生确定说，这个，真的没有。我说，太遗憾了，要不，我给你补上。林先生说，怎么补？我说，我记得你跟杨振宁同龄，八十一岁，最近，他找了一个二十八岁的老婆，知道吧。林先生说，知道。我说，我们林老，怎么也得超过杨振宁，我帮你找个二十七岁的。林先生一听，顿时哈哈哈哈地大笑起来。

　　林先生的笑，向来就有名的，其实不用开玩笑，他自己也会哈哈地笑起来。多年前，汪曾祺就写过一篇《林斤澜！哈哈哈哈……》的文章。大意是林先生的哈哈，是他的保护色。每遇有人提到某人、某事，不想表态，他就把提问者的原话重复一次，然后垫以哈哈的笑声。某某某，哈哈哈哈……这件事，哈哈哈哈……既然汪先生这么写，我想总是有道理的，面对生活，他也只能哈哈哈哈，但面对小说，他肯定是焦虑的、痛苦的、审丑的、欲说还休的，只能动用象征和隐喻。不过，就我听到的林先生的哈哈声，并不是保护色，这一切都烟消云散了，他就是高兴，哈哈笑而已。

　　写到这儿，我上网搜了一下林先生的消息，他是因心脏和肺衰竭，在同仁医院去世的。布谷说，他一生达观，他是笑着走的。

　　林先生，一路走好。

老荆的归程

谁也没想过，老荆的终点会在宜宾的李庄，太突然了。

四月十一日晚七时三十分左右，北京的十八个人终于从车上下来了，老荆和老孟并排走着。我上前从背后用右手拍了一下老孟的肩膀，又用左手拍了一下老荆的肩膀，老孟转过头来，看见是我，停了下来，老荆的头也转了一下，但似乎又并没有反应，继续往前走着。这场面闹哄哄的，况且天也黑了，我拍他肩膀，他没反应，我也没觉着有什么不妥，我又忙着跟别人打招呼了。

几分钟后，东捷过来说，老荆病了。

我说，什么病？

东捷说，心脏有点毛病。

我说，啊，老荆有心脏病的，快。

东捷说，去医院了。

前年冬天，鲁一同学会，欧阳黔森组织的，在贵州黔东南。夜里，一群人聚在房间里喝酒，不知怎么的，就说到了老荆的心脏病。王松说，天津有个牛×医生，在国内数一数二的，他认识，他来联系，来天津做。老荆对自己的病好像并不那么在意，被王松逼急了，边喝酒边笑着说，那手术我问过，太恐怖了，开

21

膛剖腹，不做，不做，要是真不行了，死了拉倒。我也不懂病有时候就如同死亡，是不能开玩笑的，我跟着老荆不知说了一句什么，反正王松是生气了，几乎是训斥了，他大声说，你给我闭嘴。

一会儿，东捷问我，老荆这个病叫什么病，医院在问他的病史。我忘了，我说，王松知道。东捷就给王松打电话。说真的，此刻，我还没有意识到，老荆的情况会如此严重，我以为不过就是去一趟医院，心脏的毛病来得快，去得也快，等会儿回来，又可以一起喝酒了。

饭才吃到一半，陈继明过来低声说，老荆不行了。我、陈继明、邵丽，三个鲁院同学，立即就去了医院。当时，老孟站在边上，也想去，我知道老孟生过病，不宜熬夜，不让去。李庄小，从饭馆到医院也就几分钟。医院倒是不错，是同济大学援建的，就叫李庄同济医院，医院方面的人好像都知道老荆的病情了，刚进大门，就有人上来告诉我们，在抢救，还有微弱的心跳。我松了口气，不管怎样，这比陈继明说的要好些，有微弱的心跳，我觉着老荆还是会好起来的。

医院也不让我们进重症病房，听说就东捷在里面，我们三个站在过道中间，面面相觑。陈继明垂着一个光脑袋，看上去特别凝重，邵丽则满脸疲惫而又痛苦。过了很长时间，或许也就几分钟，陈继明说，我差一点儿就握着老荆的手了，就差那么一点儿，但是他没有理我，他好像不认识我。我一惊，我也想起来了，我拍他肩膀，他也没有反应。就是说，老荆从车上下来，就已经意识模糊了。但是，同行的人，大多也是老荆的朋友，都说从机场到李庄的路上，老荆还是有说有笑的，并无异常。在飞机上，好像是说过有点不舒服，起来走了走，飞机坐久了不舒服，起来走一走，也是正常的。总之，一路上，老荆看起来都是正常的。事后，医生说，老荆的病应该四个小时前就发作了。我们推测，老荆自己是吞了几颗速效救心丸的，然后忍着，他也没觉着事情有多严重，他不想惊动别人。

是的，老荆肯定觉着自己的病没多严重，我们守在病房外面，我们也不相信老荆真的会死，一个人的死，无论如何不会走着走着，倒下去，就死了。不会这么简单的，没那么容易的。可是，老荆真的就这么走了，十点半左右，医生出来宣布，不行了，不能继续抢救了，再继续，遗体会变形。

东捷也从病房里出来了，表情木然。《十月》在李庄颁奖，老荆是他邀请来颁奖的，老荆这么突然离世，可以想见他的心情。

一会儿，李庄方面也来了不少人，把我们叫进一间休息室，开始商量后事，大致就是这么几件事，一是遗体不能运回北京，只能就地火化，得送殡仪馆；二是医院方面的一些签字，由谁代签；三是遗容是否马上化妆。前面两件事其实是没得商量的，我们能决定的也就是不给老荆化妆，得等他的亲人到了再化妆。

这些事情弄完，快凌晨一点了，我们想送老荆最后一程，送他去殡仪馆，我拎着老荆的一小袋遗物，陈继明拎着一大袋遗物，小袋里是手机、钱包和一个小葫芦，里面装的大概是速效救心丸吧，大袋里是老荆穿身上的衣服。我们觉着这么晚了再让邵丽也去殡仪馆，不太妥当，就没让她去。这最后的送行，跟我想的也不一样，我以为老荆是由我们陪着去殡仪馆的，其实，他是由殡仪馆的专车来接的。我们到殡仪馆，老荆已经躺在玻璃棺材里了，棺材周边也插了绿色植物和鲜花。我和陈继明把遗物放在了离老荆最近的一把椅子上，东捷走到棺材前头，俯下身去，脸都要贴着老荆的脸了，忽然，呜的一声，号啕哭了起来。

第二天，颁奖还得继续，我们换了李浩他们来守夜。回到房间，脑子里全是老荆以往的音容笑貌，老荆的脸一直是红的，红扑扑的，鼻子也是红的，原来我以为这是健康，现在才知道这是心脏不太好。老荆见人，红扑扑的脸上总带着点微笑，朴实，淳厚，看上去并不太像一个作家，他的身上没有作家常有的孤冷，他是温暖的，他可能是鲁一班上最让人喜闻乐见的人。他好酒，好烟，好呼朋唤友。上鲁院之前，他就在北京了，在故宫附近开着一家小饭馆，隔三岔五，他总要吆喝一群人去他的小饭馆吃吃喝喝，当然是他请的客。有一个晚上，我们大概是喝高兴了，大声说笑着，突然有人砰砰砰敲门。老荆开了门，门外立着一个军人，腰间别着枪，朝我们训斥道，都几点了？别吵了！老荆显然也被吓着了，关了门，低声道，隔壁住的是个大人物，刚才这人，估计是他家警卫。

不知道是不是我们太吵了的缘故，不久，老荆的小饭馆就搬走了。在北京，老荆似乎并没有一个安身立命的地方，他的小饭馆也没有一个安身立命的地方，总是在搬来搬去，后来干脆搬到房山去了。我偶尔去北京，老荆照例吆喝我们去房山，去他的小饭馆喝酒，但到底是太远了，我至今没有去过。这十几年来，老荆就兼着小饭馆老板和作家这两种职业，作为老板，老荆大概不算成功，但小饭馆倒好像成全了他的写作，他就写开小饭馆的这些人，写来往于小饭馆的这些在北京被驱来赶去的外乡人。老荆作为一个写"京漂"的代表作家，我经常看见他在哪儿获奖了，在哪儿又获奖了。

如果老荆不突然在李庄离去，他的归宿应该在哪儿呢？在北京？我在北京待过，也当过"京漂"，但我真的没兴趣在北京死去，我怕做鬼也还是个"京漂"。我不知道老荆会怎么想，我觉着一个人的生死，真的有很深的宿命，不知是谁在安排，就比如老荆。李庄，这个老荆从没来过的地方，怎么就成了他最后的归程。他来到李庄，刚刚下车，看都没看一眼李庄，就走了。但是，既然冥冥中这么安排，李庄与老荆一定是有关系的吧。

　　早上，我梦见老荆了，老荆红扑扑的脸从灰蒙蒙的背景里浮现出来，特别清晰，他在朝我微笑，然后，什么也没有说，我就醒了。我告诉陈继明，他说他也梦见老荆了。我又告诉东捷，他说他也梦见老荆了。嗯，老荆是在跟我们告别了。

　　还有两人，戴来和魏微，也要来跟老荆告个别，魏微从广州来，戴来在苏州，当天上海一带没有飞宜宾的航班，戴来从苏州到上海，再从上海到广州，与魏微一起来宜宾。

　　老荆走好。

"聊斋"：忆宗斌

　　这段时间，我脑子里充满了糨糊，什么也做不了。我早该写点文字，纪念一下宗斌兄了，但是不能，我什么也想不起来。死，对许多人来说，其实是很好的事情，譬如我吧，如果此时我死了，我并不遗憾，不必再活着了，不是很好吗？

　　我这样说，也不是活着有多么难，我只是觉着，活着其实也没有多少意思而已。假若此刻，我是坐在乐清的文联办公室里，对面就坐着宗斌兄，我这样说，他会怎么回答呢？他通常是吸着烟的，他大概不会把这样的话当真，他会先吞下两口烟，然后发出两声呵呵的笑声，缓慢地说，活着？嗯，活着，大概还是有点意思的吧。

　　是的，活着也并非完全没有意思，活着还是有点意思的，至于那点意思究竟是什么意思，我们并不确定。我们在闲聊、抽烟、喝茶，活得似乎蛮快乐。

　　我是一九九二年的冬天来乐清的，想想那年我才二十六岁，真是年轻。我和宗斌原来是认识的，我在乐清不认识几个人，初来乍到，应该孤独得很，我肯定马上就去找他了，但我怎么找的他，他又怎么接待我的，现在我一点儿也想不起来。那年，我写

26

了一个中篇《玄白》，也许我是拿着小说手稿找他指点的吧。我还记得他跟我讨论小说时赞许的目光，他是《玄白》的第一个读者，也是第一个肯定小说的人。

后来，我很快就成了他办公室的常客。他的办公室就在县府大门边上，是一座三层小楼，斜的，已经是危楼了，倪蓉棣的一篇小说，好像就叫《斜楼》，专门写过。几年后，斜楼拆了，文联搬到了隔壁的二楼，感觉还是在同一个地方。宗斌终日都在办公室，夜间也在，文联其实没那么多公务要办，他主要的工作是编《萧台》杂志，季刊，一年才四期。他在办公室，是在等我们来聊天吧。他的办公室，其实不是办公室，而是"聊斋"。乐清不大，不论住哪儿，骑车或者走路，五分钟、十分钟都到，于是，"聊斋"便烟雾缭绕，谈笑风生。在乐清，就我所知，宗斌肯定是读书最多的人，也是最有学问的人，也是谈吐最有趣的人，也是完全不拘小节的人。我在他办公室，经常将脚搁在桌子上，跷着脚丫子跟他胡言乱语，他也从来没觉着不恭。从一九九二年到二〇〇〇年，这八年的空闲时间，我大多是在他的办公室度过的。后来，我去了北京，每次回乐清，还是放下行李就去他的办公室闲扯。

这些年，文坛不时有人要议一议乐清，说乐清有个作家群，说谁谁谁，其实，这个作家群就是从宗斌的办公室走出来的。我们和宗斌、和他办的刊物《萧台》的关系，我突然想起我以前也说过，是《萧台》二十周年纪念，现在，我再抄一遍，以纪念敬爱的宗斌兄。

我还记得，十年前《萧台》创刊十周年纪念时，也是每人说几句话，我好像是这样说的：我常读的文学刊物有两份，一份是

《收获》，还有一份是《箫台》。

《收获》是文坛最著名的刊物，《箫台》只不过是乐清市文联办的内刊，把这两份刊物并列在一起，似乎有点不伦不类。但就我而言，它们是一样重要的，就是应该相提并论的。在二十世纪九十年代，我花十块钱买一本《收获》，同时不花钱去文联拿一本《箫台》，这两本刊物，我看来看去，总觉着也差不多。我这样说，不是说《收获》办得不好，而是说《箫台》办得非常好。事实上，发在《箫台》上的小说，若干年后，大多又在《收获》《当代》《十月》《花城》《人民文学》这些大刊上重发一遍。这也证明我当时的阅读感觉是准确的。

大概就是因为《箫台》办到了如此光景，所以乐清就出现了一个作家群，许宗斌、倪蓉棣、马叙、东君、吕不、简人、郑亚洪、吴玄等等，这些名字摆在一起，大约任何一个地方也无法小觑了。这个群体的核心人物应该是许宗斌，他是长辈，很长时间内又是《箫台》的掌门人，我们可以说是他培养出来的。如果是一家大刊物，我在那儿发稿，我是把小说写好了，他们才发的，我并不觉着是他们培养的。可《箫台》不一样，我在《箫台》发稿，是正想把小说写好，若是没有《箫台》，没准儿我还不写呢。《箫台》之于我，或者我们，不仅仅是一家刊物，它还是一个活动场所，一个精神空间，许宗斌的办公室是我们去得最多的地方，我想，我们就是在那儿成长为一个作家的。

我还记得当时的玩笑，许宗斌是属猪的，马叙也是属猪的，我说，你们是两头文学母猪，带着一群小猪崽，真不容易啊。

钟求是：间谍与小说家

钟求是在成为一个小说家之前，是个间谍。

间谍，通常又叫特务，是身负特殊任务的人。所谓特殊任务，大家都明白，就不说了。这种职业古已有之，在古代叫作奸细或者细作，这两种称呼，单从字面上看，分明就不是什么好人了。因此，跟一个间谍交往，我多少是有点心理障碍的。虽然我没有国家机密可供窃取，但别的秘密或许也是有的，比如偷情，此等秘密一旦抓在别人手里，那也是很容易爆发战争的。

我和钟求是是同乡，都是温州人。但在二〇〇〇年前，我们并无来往。二〇〇〇年，浙江省作协举办过一个青年作家讲习班，我们成了同学，再不熟悉是不可能的了，但他是身负特殊任务的人，开始我们也没什么话可讲，顶多也就是拿他的特务身份开开玩笑。在我最初的印象里，钟求是是一个不太好玩的人，讲话是有板有眼的，行为是中规中矩的，脸上的表情是严肃枯燥的，既不像一个作家，也不像一个特务，而是一个标准的小公务员形象，一个让官方可以放心的人物。事实上，他在班里就被委以重任，当了班委的，至于具体主管什么，我不记得了。直到讲习班去仙居采风，我们刚参观了一个清朝的妓院，又乘竹筏漂流。我和钟求是坐在同一只竹筏上，大家叽叽喳喳的，就有人说黄段子逗乐了，突然，钟求是大声宣布，我也来一个。确实是大声宣布，不是大声说，我们都有点惊奇，我想，钟求是也说黄段子啊。我忘了他说的究竟是什么段子，但效果是极其强烈的，他有一种不动声色的幽默，笑得大家东歪西倒，大约相当于一次六至七级地震。他刚说完，立即就被授予了"大师"称号。从此，我对钟求是真是刮目相看了，当然，更重要的是消除了我们之间的距离感，原来钟求是也是这么好玩的。此后，我嫌钟求是这个名字过于正经，替他删了一个字，叫"钟求"，后来索性又删了一个字，叫"求"，这个汉字让人产生一种很可笑的联想。当钟求是知道我叫"求"就是叫他，他居然非常高兴，哈哈道，狗日的。

后来，据我观察，钟求是实际上是个十分老实的人，幽默也罢，刻板也罢，都不是他的本性。作为一个间谍，我猜测他是相当蹩脚的，跟电影上那些身手不凡的间谍根本不是一回事。而且他也没有把间谍做到底，而改行当了小说家。这是否表明就他而言，当小说家比当间谍更容易。不过，这不是我感兴趣的，我感兴趣的是从间谍到小说家之间，是否存在一条隐秘的通道。间谍与小说家，表面上看是完全不同的两种职业，它们之间似乎没有关系，但是，有一个人对间谍颇有研究，写过一篇著名的《间谍研究》，这个人叫李敬泽。他的结论大意是这样的，间谍又叫特务是不对的，间谍不是身负特殊任务的人，而是特殊的存在方式。间谍是在寻求和承受一种间隙中的生活、边缘与边缘之间的生活，如果没有间隙，间谍也要强行撬开一道间隙。

这就对了，这样的间谍才是钟求是，也是我所理解的小说家。所以，钟求是不论是做间谍还是做小说家，他做的其实是同一件事情。

现在，我可以谈谈他的小说了，我这么强调他的间谍身份，是想说明他的小说具有间谍的气质，他的写作甚至可以用"间谍"这个关键词来概括。我不是在牵强附会，因为二〇〇四年，他写出了《你的影子无处不在》，这个中篇堪称他的代表作，同时也是探究钟求是身上间谍和小说家具有同构关系的一个范本。一个好的间谍，他生存的前提是隐藏自己，作为小说家的钟求是，他的叙事也是这样，作者退到了一个不易察觉的位置。小说叙述南方一个性格极端的女孩见梅，她的父亲杀害了傻瓜弟弟，见梅以其敏锐的直觉，发现凶手就是父亲，她把父亲告了，父亲因此被判死刑。叙述至此，也是一篇完整的小说，但对钟求是来说，这仅仅是小说的开始，小说是不可以这样结束的，他果然是在没有间隙的生活当中，硬是撬开了一道间隙，往后的叙事就进入了间谍必须经历的高难度的极限状态。已经枪毙了的父亲，心脏被非法盗走，这于见梅，不是一个法律问题，而是象征父亲依然活着，在另一个移植了父亲心脏的陌生人体内活着。她有太多的忏悔，无论如何她要找到父亲。她还真的找到了父亲，她开始伺候父亲，但那个拥有父亲心脏的陌生人却强奸了她，她只得再次杀死父亲。

钟求是的叙事终于抵达了预设的终点，我估计他刚写完的时候，一定非常得意，他把一个小女孩的忏悔无限地拉长，这中间充满了人性内部的紧张、危险和神秘。这些东西是否正是钟求是所渴望的，一个间谍在小说中完成了他的梦想。

我不知道是否把间谍和小说家的关系说清楚了，但我以为钟求是对当下的文学是重要的，他把"间谍"引进了小说，原来小说家是可以像间谍一样思维的。

观察马叙，趴在地上写作的作家

大约一年前，我在北京遇见何立伟先生，一群人坐在那儿聊天，何立伟突然很高兴地宣布，他发现了一个人，非常值得关注。有人赶紧问，谁？马叙，何立伟说。接着他又解释道，马叙的小说、诗歌、散文都很好。

何立伟是读了某一期的《山花》杂志得出这个结论的。《山花》有个叫"三叶草"的栏目，同时发表作者的一篇小说、一组散文和一组诗。那一期《山花》发了马叙的小说、散文和一组诗。何立伟使用了"发现"和"关注"这两个词，就是说他把马叙当作了文学新人。这对马叙可能有点悲哀，但也不能怪何立伟，马叙的实力与他在文坛上的知名度极不相称，在此之前，何立伟不知道有个非常值得关注的作家马叙，是很正常的。

我钦佩何立伟的眼光，发现马叙并不那么容易，他是一个有阅读难度的作家。我和马叙在同一个地方，是老朋友了，我知道一个身处偏远的作家被湮没是多么容易。早在一九九六年，马叙写作《观察王资》的时候，就显示了他在小说方面的惊人的才能。这篇小说后来发在《天涯》上，在我看来，这是中国二十世纪九十年代最重要的短篇小说之一，它为小说提供了一个全新的

33

"观察"。马叙的观察是细致入微的，可以触摸的，几乎可以跟法国的新小说派们的观察一比。但马叙的观察又是没有目的的，毫无意义的。王资是谁？王资是一个跟观察者"我"不相干的人，也可以说王资就是别人的生活。"我坐下之后，要了两瓶金陵干啤（仍是金陵干啤）和一盒三五牌香烟，我抽了五支烟，喝了一瓶啤酒。我的抽烟喝酒，都进行得极其缓慢，是一种典型的消磨时光的做法。在这段时间内（约一小时三十分钟），我一直面对着王资，而王资就那么一杯很淡很淡的绿茶（早已不绿了），慢慢地喝着，喝得比我更加缓慢，这期间他还自己去吧台动手续注了一杯开水。"小说一直在这种缓慢的刻意的观察之中展开，有意思的是这种观察最终不是指向他者，而是指向了观察者自身，共同呈现了某种生活的质感。马叙到底观察到了什么？这很难说，我估计他观察到了平庸、无聊，以及潜伏其中的巨大的虚无。或许这就是生活的本质，如果生活确定存在着一个本质的话，这样说显然很麻烦，我还是说这就是生活吧。

观察了王资之后，马叙的目光是稳定的，他用同样的目光观察了许多不同的人物和事物。譬如《别人的生活》中的刘光斗、《摇晃的夏天》中的黄大豆、《陈小来的生活有点小小的变化》中的陈小来，他始终迷恋这些细枝末节：喝酒、吃面、睡眠、刷牙、读报、寒冷、居室、哈欠，以及无原则的赞美、长时间的谈话、慢性疾病、半张报纸……这是视点极低的一种观察，用马叙自己的话说，就是视线只有门槛那么高，就是狗眼看人低，他是趴在地上写作的一个作家，这种写作，就我所知，在当下的文坛，似乎就马叙一人，所以马叙是极其珍贵的。他的这种观察方式，和传统的上帝的目光完全相反，和新近的个人化写作和零距离叙述也大为不同。马叙的观察，有点像一个心灰意冷的魔鬼的观察，他看见的生活，灰暗、空洞，是人生底部的生活——地狱的生活。地狱的生活不是恐惧、痛苦，而是比恐惧、痛苦更糟糕的平庸、无聊。马叙就在平庸和无聊中徘徊，从一种平庸抵达另一种平庸，从一种无聊抵达另一种无聊。马叙百无聊赖地说，想想吧，吃喝拉撒，想想吧，男人女人，想想吧……

马叙长期生活在离温州不远的一个小镇上，那个小镇名叫乐清，常年阴雨不断。马叙的表情就像那儿冬天阴郁的天气，他的头发也不知什么原因，过早地谢了许多。马叙就裸着半个脑袋，阴郁着脸，每天从办公室走到家，又从家走到办公室，就像丢失了石头的西西弗斯，不仅荒诞，而且无聊。有时有人问他，你好吗？好，好。有时他也问别人，你好吗？别人也说，好，好。然后马叙就想，好就是平庸，平庸就是好。我之所以说这些，我是想说，这就是马叙的小说，马叙的小说来源于他的自我观察。

马叙刚出版了一本小说集《别人的生活》，我悲观地预计，他的小说在温州不会有什么动静，温州人都忙着赚钱，不看他的小说，即便看了，也一头雾水。但是，多少年之后，温州人将因为有马叙而引以为豪。

一个人和一个地方

　　有人是有故乡的，有人是没有故乡的，前者譬如倪蓉棣，后者譬如我。我自然是指故乡感，对一个人来说，故乡感不一定是地理意义上的，不一定是一个地方，它也可能是一本书、一块石头抑或一个女人。就倪蓉棣而言，事情倒并不复杂，他的故乡是确定无疑的，就是芙蓉镇。

　　芙蓉这地方，我是十年前就去过的，倪蓉棣这个人，我是二十年前就认识的。作为小说家，他出道远比我早，可谓老师。我在乐清市委办时，他还是我的上司，我做秘书，他做主任，我称自己为"小太监"，称他为"大太监"。倪蓉棣平时很有点严肃、正经，当我这样叫他，他那张严肃而又正经的脸上，就会增加另外一些诸如吃惊、尴尬、滑稽之类的表情，然后气急败坏道，不要乱说。不要乱说，但我就是喜欢乱说，他也没有办法。

　　我曾经很喜欢他的小说，他那篇《锡壶》，感人至深，我甚至以为是可以进入当代短篇小说经典行列的。虽然《锡壶》在文坛上的命运不算好，没有引起足够的关注，但也是被遗忘了的经典之作。后来，不是我不喜欢他的小说了，而是他写得少了，也不知道为什么他就不写了。

《锡壶》的背景就是芙蓉，他的不少小说背景都是芙蓉，一个作家，拿他熟悉的故乡作背景，这是再正常不过的，当时我也没什么特别的感觉。直到读了《芙蓉旧事》，我才觉着芙蓉对倪蓉棣来说，绝不仅仅是一个背景，那是他的全部精神所在。芙蓉是丰盈的，生动的，好玩得不得了的，这儿没有苦难，欢乐是无边无际的，芙蓉几乎就是一个纯净的孩儿国，倪蓉棣是其中的孩子王，因为他是"听咬龙"的高手，扔石子又扔得最远。芙蓉给予他的还远不止这些，同时也是芙蓉使他成为一个作家，至少在叙事时，他就是芙蓉，芙蓉就是他，他和芙蓉是一体的，他的灵魂从来就没有离开过芙蓉。

所以《芙蓉旧事》就具有了某种乌托邦气质。我的意思不是《芙蓉旧事》掺入了幻想或虚构了什么，《芙蓉旧事》无疑是一场纯粹的追忆，但倪蓉棣那种毫不怀疑的回忆方式和欢乐的调子，使芙蓉自然而然就有了乌托邦气质。这是一次回乡之旅，也是一次成功的逃亡之旅。

一个人和一个地方，可以有如此坚固的血肉联系，大概很需要一个坚固甚至顽固的内心。其实，我见过的芙蓉，也不过就是个庸常的小镇，跟别的那些堆满了像垃圾一样的水泥建筑物的小镇，也没有太多差别。当然，我见过的芙蓉，不是《芙蓉旧事》里的芙蓉。倪蓉棣的记忆到二十世纪七十年代就中止了，他不涉及当下，我想是很有道理的。当下是变化莫测的，当下只是一种速度，一种越快就被判断为越好的速度，什么都是新的，什么都是稍纵即逝的，什么都不留下，我们还有什么可以记住、能够记住、值得记住呢？我们活在一个陌生的世界里，我们都是荒谬的人。

但是，我们还是需要有点记忆。

在这个时代，回忆也是极为困难的，是需要理想的。故乡在时间中正变得越来越陌生，譬如倪蓉棣的芙蓉，事实上它已不复存在，但倪蓉棣确实是个理想主义者，大概只有像他这样的人，才可以拥有这样一个故乡。他的故乡还是完好无损的，确定的，坚实的，古典形状的，可亲可感的，可以安放灵魂的，可以为他提供一个支点对抗时代的。《芙蓉旧事》与这个时代是南辕北辙的，也许这正是它的价值所在。

倪蓉棣教会了我们，怎样回忆故乡。

我 和 我

　　很凑巧，我正想写一部题目就叫《我和我》的小说，探究一下自我的迷失乃至消失什么的。而朱个的《秘密》似乎也是在探究我和我之间的关系，我说似乎，是我又并不太确定她所探究的就是我和我的关系，或许是别的什么关系。

　　朱个衣着讲究，装扮入时，长得瘦而精巧，很有些淑女的样子。但也仅仅是个样子，是她不说话时的样子，一开口，她的淑女形象基本上就毁了。她对涉及男女身体的某些词汇，似乎分外热爱而且敏感，那热爱的程度一点儿也不逊色于我。只见她眉飞色舞，荤话便滔滔不绝，精彩纷呈，作为男性的话语权就这样轻易地被剥夺了。

　　某位男作家见了朱个，很长时间后，还呵呵傻笑，好像吃到了什么好吃的野味，津津有味地道，我说朱个，喜欢说下流话，她并不是真的下流，她是故意的。我说，当然，每个喜欢说下流话的人都有一颗干净的心，尤其是一个漂亮女人说下流话，那就更干净了。

　　我这样说朱个，是为解读她的小说做点铺垫，现在，你应该知道她会怎样写小说的了。她关注的一定是男女关系吧，没错，她关注的确实就是男女关系；她的叙事一定是性感的吧，没错，譬如《秘密》。譬如"秘密"这样一个与性并无关联的词语，朱个还是发现了"秘密"与性之间难以察觉的隐秘联系。她是这样写"秘密"的："收藏一个秘密，就像揣着胀鼓鼓的性欲，是很压抑又有快感的事情。"

但是，这样解读《秘密》好像也不对，《秘密》其实相当复杂，故事套着故事，秘密套着秘密。小说从一场婚宴开始，新郎张广生、新娘崔莺、崔莺的女同学"姑娘"、陌生人左辉。左辉去参加婚宴，在婚宴上说我有一个秘密，很多人便追问是什么秘密。而"姑娘"，也就是新娘的同学，与陌生的新郎在婚宴前夜有一场中途夭折的艳遇。"姑娘"穿着不合时宜的黑衣前来参加同学的婚礼，新郎张广生便十分紧张，以为她是来报复的。当左辉说我有一个秘密，"姑娘"又以为左辉知道了她的秘密，求他不要说出来，然后"姑娘"似乎又爱上了左辉，还差点儿就做了爱。但是，左辉的秘密并不是"姑娘"的秘密，他的秘密只是喜欢看别人结婚，掏钱参加陌生人的婚礼，喜欢替所谓幸福的新人拍照。

人物关系够复杂了吧，男女关系也说清楚了吧，叙述至此，小说可以结束了吧。以前，朱个或许就真的结束了，但这回没有，《秘密》又揪着人物，往形而上的方向走了，人物从常态进入了非常态。左辉也罢，"姑娘"也罢，他们的内心都是孤独的，就像二十世纪的现代派文学那么孤独。他们也试图与他人与世界建立一点联系，左辉的方法是参加陌生人的婚礼，"姑娘"的方法是与男人艳遇，到头来却是什么也没有发生。"姑娘"快要与张广生做爱了，却被一个电话毁了；"姑娘"与左辉甚至都一起躺到床上了，但是左辉没有性欲，左辉只有在替"姑娘"拍照时，才有点性冲动。说到底，左辉不是与他人建立关系，而是自己和自己玩。

有了左辉这个人物，朱个的写作似乎发生了转向，从关注人与人之间的关系，转向了自我与自我的关系。我以为这样的转向是很好的，所谓传统文学与现代文学的分野，无非也就是从关注人与人之间的关系，转向了自我与自我的关系吧。如果以这个标准来论《秘密》，《秘密》又是不无缺憾的，朱个的转向似乎还是无意识的，至少在处理"姑娘"这个人物时，是意识模糊的，这"姑娘"，为什么还对男人那么有兴趣，为什么不自己跟自己玩？

主题，主题

　　某日，我刚吃过午饭，接到雷默电话，他说他要跟我谈谈他的一个小说构思。雷默在电话那头支支吾吾的，而且还有些底气不足，好像连早饭也没吃的样子。不过，我还是听清楚了，他要写的小说是这样的：父亲让火车给碾死了，火化时，儿子发现父亲少了一条胳膊，少了一条胳膊的父亲，在地狱里怎么活啊，所以当儿子的必须替父亲找回这条胳膊。肇事火车是山西大同的运煤车，他赶到大同，还真找到了一条腐烂的胳膊，但怎么带回家成了问题，火车、飞机是有安检的，肯定是不行的。总之，是历尽了千辛万苦，比福克纳《我弥留之际》中的运棺材还艰辛。当他终于快要到家了，他累得不行了，坐地上就睡着了，这时，一群野狗吃掉了他父亲的胳膊。绝望之际，最后他砍了自己的一只胳膊，火化给了地下的父亲。

　　听完雷默的故事，我差点儿没把刚吃下的中饭给吐出来。我说，你这个故事恐怕不行吧，第一，不真实，他父亲的这条胳膊还在吗？能找回来吗？他在大同找到的那条胳膊是他父亲的吗？他如何确定那条胳膊就是他父亲的？第二，砍了自己的一只胳膊献给父亲，这个，我不知道别人怎么看，至少，我是不能接受。

第三，你为什么要写这种故事？这不就是二十四孝的翻版吗？这种故事，除了金庸的武侠小说，谁还会去写？

半年前，鲁迅文学院在浙江办了一期作家班，雷默还当了班长。鲁院照例要请一些人对学员的作品进行点评，此类点评，通常是严厉的，刺刀见红的，据说还很受欢迎。对学员来说，大概有些类似于少女的初夜，期待，紧张，恐怕还有点痛和对痛的恐惧。凑巧，雷默的小说就分到了我手上。还未点评，他倒是先表态了，你随便说，随便说，随便怎么说，都没关系哈。一副做好了从容赴死的样子。他有好几篇小说，其中一篇叫《追火车的人》，我觉着题目还有点意思，就先看了。才看了个开头，觉着这小说怎么那么熟悉，再往下看，原来《追火车的人》就是他在电话中给我讲过的故事。雷默还真把它给写出来了，看来，我的打击一点儿也没有影响他的写作。更奇怪的是，这个我事先知道的，我觉着几乎是不可能的故事，当我看完最后一个字，它居然是成立的，所有我认为不可能的在文本中都顺理成章地发生了，真实性根本就不是一个问题。

确实，《追火车的人》对我的阅读和判断产生了某种颠覆，也迫使我重新思考小说的某些问题，比如叙事，比如主题，比如真实性。某些作家是不用跟真实性较劲的。比如雷默，我发现他大量采用了民间故事结构，不论是《追火车的人》，还是《傻子和玻璃瓶》，剥掉貌似现实的外衣，其实就是两个民间故事。民间故事往往就在可能与不可能的边缘，或者干脆就在不可能的地方，开始叙事，它最大的特征不是真实，而是不真实，越不真实才越能显示此路叙事的才华和想象力，《天方夜谭》就是这样成经典的吧。

但是，思维是一回事，能力又是一回事。同样是民间故事思维，我以为《傻子和玻璃瓶》并不算成功。这个小说，除了玻璃瓶被赋予了一些傻子的心理光芒，故事还是平庸了些，尤其是结尾，过于平庸，致使那些在文本中已经闪烁光芒的玻璃瓶，好像放错了地方。《追火车的人》可以证明雷默作为小说家的能力，我愿意为他做专家状写点评，也是因为这个小说。在此之前，雷默经常只能完成半个小说，譬如早几年他视为代表作的《气味》，前半部的气味蛮性感幽微，后半部忽然转到了办公室的流言蜚语，好像是脑子短路了，终于把前面苦心经营的气味弄得荡然无存。但《追火车的人》就不一样了，雷默似乎得到了神助，或者就是某某灵魂附体，他突然间拥有了一种属于他个人的叙事能力，他把不可能轻而易举地变成了可能。

　　但是，我是否可以就此推断《追火车的人》就是一个好小说？我又想起了小说的主题。平时，面对小说，我并不太想得起小说的主题，可是，《追火车的人》逼迫我反复地想小说的主题。

　　我的希望，在点评的时候，早就表达过了，现在，我又重复一遍，我觉着自己有点可笑，至于哪点可笑，我也说不清楚。前几天，雷默在电话中说，他新写了一个短篇《信》，《收获》留用了，你也看看。《信》讲的是"我"和一位百岁老人，用行将消失的书信交往的故事。雷默依稀还保留了民间故事思维的影子，但确实如我所愿，他回到了生活。其实，回到生活并不难，我完全没有必要大声疾呼。对雷默来说，民间故事思维，或许才是重要的，这一点，起码很容易将他与别的作家区分开来。或许将来他会给小说带来一点新的什么，谁知道呢？

胡说张忌

在谈张忌的小说之前，我得先说一说张忌这个人。

张忌长得圆头圆脑，像漫画中的一只乒乓球，上面画着一张嘴，这张嘴，就是张忌的全部面目了。到目前为止，他的最大成就应该不是小说，而是胡说。譬如说吧，张忌坐在你对面，你说，人家都说吃大豆放屁，我怎么老打嗝？张忌立刻就会回答，因为屁迷路了。诸如此类在网络上流行的神回复，对张忌来说，一点儿也不难，可以张口就来。我以为这是一项不可多得的才能，要把胡说弄得有成就，其实是很难的，大概比写小说要难一些吧。小说可以关起门来慢慢写，而胡说则是即兴的，必得在一堆废话中脱颖而出，鹤立鸡群，这明显比写小说需要更多的聪明、更多的想象力、更多的凌驾于众生之上的精神优越感。

前年冬天，《收获》的程永新在杭州，夜里，我们去南山路的一家酒吧喝酒，这中间，就有张忌。这小子与程永新大约是初次见面，开始还有些拘谨，但很快就管不住自家的嘴了，不停地与我抬起杠来，而且表现得总比我聪明一点。我已经够聪明的了，居然还有人比我更聪明，这就引起了程永新的注意。程永新哈哈道，吴玄，你给自己找到一个克星啦。后来，程永新就表示很有兴趣看一看张忌的小说。我想，程永新的判断逻辑跟我是一致的，是正确的，既然这么能胡说，写小说不是小意思吗？

二十年前，程永新在《收获》编发过一期青年作家专号，里边有余华、马原、苏童、格非，这些人，现在都成了大师。去年，他是否想起了当年的壮举，专门打电话来说，我们准备连续做两期青年作家专号，张忌、朱个我们选了，你还有什么作者？果然，去年的《收获》四期上就有了张忌的《素人》。

我不知道二十年后，张忌是否也像余华那样终成大器。其实，张忌出道是很早的，十多年前，他突然在《钟山》发表了一部中篇小说《小京》，那时，他才二十出头。《小京》立即引起了文坛的关注，张忌也算是横空出世吧。随后，他获得了浙江文学之星奖，获得这个奖，就表示他已经站在了浙江青年作家的前列。在我的印象中，他是以最少的作品数量获得这个奖的，评委们大概是被《小京》里那个背着女朋友的骨灰盒回家的少年深深打动了。对于张忌，作品数量已经不重要了，有一篇《小京》就够了。

但是，此后的好些年，张忌又莫名地消失了，《小京》几乎成了他的绝唱。他为什么不写了？为什么呢？他是否张着他的那张破嘴，忙着在耍聪明。前些时，我偶然看了一个他的创作谈，很短，只有几百字，写得非常老实，完全不像他的为人，我一句也没记住。不过，我好像是忽然明白了他的心路历程，对于写作，他不是不认真，相反，而是太认真了。那些年，我估计他唯一做的事情，就是怀疑自己，我到底是不是一个作家？我到底会不会写作？咳，一个聪明人，应该懂得聪明的秘诀就在于凡事都不认真，一旦认真起来，那就比蠢货还要蠢了。

　　好像很多作家都谈到过，一个从不怀疑自己的作家，一定不是一个好作家。就是说，怀疑自己，是一个好作家的必经之路。那么，张忌花那么长时间怀疑自己，大抵也就可以证明他一定是个好作家了。

　　这两年，张忌发表的作品确实不少，中短篇有《搭子》《光明》《宁宁》《往生》《素人》，长篇有《公羊》。虽然数量并不能说明问题，但至少也可以说明一点，他的写作是处在井喷状态。我不能确定他现在的作品一定就比当年的《小京》好，现在的张忌，怎么说呢，我能否像个评论家那样，把他的作品分解成一部分一部分来分析，比如他的语言如何如何，他的叙事如何如何，他的人物如何如何，但这样做，我觉着又太像个评论家了，同时也像个小说杀手。我还是总起来说吧，我觉着现在的张忌，已经是一个标准的作家，就我们的语境和阅读习惯，所谓标准，也就是现实主义标准。他的小说几乎符合现实主义的所有标准，作为小说家的张忌，从生活出发，到生活为止，他刻意把自己排除在了小说之外，他的理想似乎就是忠实地记录别人的生活。我不能说这样做有什么不妥，能够这样做，又把它做好，离大师可能也就不太远了。但是，对于张忌，还有另一种可能吧，他不一定非要做一个客观的叙述者，客观叙事，很有可能妨碍他的固有才能。看他的小说，我总觉着好是好了，但又不无遗憾，不如跟他闲聊，有趣、好玩，更有愉悦感。这是否表明他本人的精神世界比他的小说大，张忌作为小说家的才能还没有得到充分释放，就像初次见到程永新，还是显得拘谨了些。我想，他不妨这样试一试，离生活远一些，离自己近一些。更具体点就是离自己的嘴巴近一些，把他那些从嘴巴里出来，浪费在空气里的语言才华，毫无顾忌地放进小说里面，如果这样，张忌将会怎样呢？

现在，张忌的小说什么都不缺，缺的就是自己。

远去的青衣

　　我认识西飐，是从《青衣花旦》开始的。好几年前，我拿着一本《小说选刊》乱翻，就看见了《青衣花旦》，就一口气读完了，再翻回来看作者是谁，我看见了一个那时我还陌生的名字：西飐。

　　这是一次让我无法忘怀的阅读，我隐隐约约看见了一位了不起的作家站在面前。《青衣花旦》让我无法忘怀的并不是故事，而是作者。《青衣花旦》的故事非常简单，不过就是两个想寻点儿开心的男子和两位身份暧昧的女子，在某个夜晚的遭遇，大约也可以说是艳遇。这样的故事，恐怕任何一个都市的任何一个夜晚，都在发生，说得白一些，也不妨说就是嫖客和妓女的故事。这种故事相当现实，很多作家也写过，但是，西飐叙述的根本不是故事，也不是现实，而是内心的幻象。我估计他是注视着自己的内心写作的，他写《青衣花旦》的时候，是优雅的、古典的文人情怀，《青衣花旦》只是他做的一个梦。因此，他有一种能力，这种能力差不多可以用"化腐朽为神奇"来形容，他完全改变了现实，使黑变成了白，使性的符号变成了诗的意象，使妓女变成了天使，使现实主义小说变成了唐诗宋词。这种惊人的变化，在

49

小说的开头是通过命名来实现的，两个身份不明的女子，一个被命名为青衣，一个被命名为花旦。通过命名，西飏轻而易举地由现实的舞池进入了内心的幻觉，写到后面，连抠脚指这等本来十分丑鄙的动作，也变得美不胜收、妙不可言了。《青衣花旦》是"青衣"和"花旦"这两个词语，这两个极其优美令人想入非非的词语的一次梦游。

《青衣花旦》几乎是完美的，无论如何都是二十世纪九十年代最重要的小说之一，如果非要说它有什么缺点，大概有"轻"的嫌疑。但是轻并不是缺点，轻是在以重为标准的语境下，才成为缺点。卡尔维诺在《未来千年文学备忘录》中，开篇就确立了轻与重具有同等的价值。我想，这肯定没什么问题，应该是个常识。黑是重的，白是轻的；地狱是重的，天堂是轻的；魔鬼是重的，天使是轻的；杜甫是重的，李白是轻的。你能说白比黑，天堂比地狱，天使比魔鬼，李白比杜甫没有价值吗？关于《青衣花旦》，我想动用一句庸俗的比喻：它像诗一样美。读了《青衣花旦》，就像收藏了一件稀少的宋朝青瓷，很长时间，它在我的内心散发着幽幽的光芒。我以为能写这种小说的当代作家非常少，倒不是写《青衣花旦》有多难，而是缺乏那种情怀。这种情怀通常要去古代寻找才有，比如唐宋期间，比如杜牧，比如柳永，《青衣花旦》无疑是承续了古代文人的某种情趣。后来，我看见西飏自己说了一句话，他说，就像唐宋文人在山色湖光间邂逅一位赏心悦目的歌伎似的——这是自我内心油然而起的一股情愫。我想，这就对了。

其实，西飏是个早已成名的作家，二十世纪八十年代就在《收获》上发表小说了，而且跟余华、格非他们一样先锋。我真正认识西飑，是从二〇〇二年九月开始的，鲁迅文学院举办首届中青年作家高级研讨班，我和西飑竟成了同学。在此之前，我们曾见过一面，但总共只说了一句话，根本算不上认识。按照"文如其人"的说法，西飑应该是像古典文人了，但认识之后，我觉得他并不像。当然，古典文人应该是什么样子的，我也不知道。不过，我就是觉着不像，总之，不是西飑这个样子的。古典文人应该落魄、颓废，有点放浪形骸，这些特征，西飑身上都没有。最重要的一点是古典文人应该有点丑，而西飑却是个帅哥。实际上，我拿西飑与古典文人比，都是《青衣花旦》惹的，他跟古典文人没有任何关系，甚至跟古典文学也没有关系。后来，我们成了很好的朋友，几乎是无话不谈的，现在想起，我们从没谈过古典文学，说到《青衣花旦》，也不是特别在意，他更喜欢自己的另一个小说《河豚》。他写《青衣花旦》，好像是在遥远的二十世纪末，偶然地做了一回与唐宋文人相同的梦。

我们进入鲁迅文学院，遇到的第一件事是名字问题。房间是事先分好的，每个门框上都贴了名字。不知是故意还是疏忽，门上贴的是原名，而不是我们写作使用的那个笔名，弄得大家云里雾里，不知道谁是谁。我们写作既然使用笔名，总是有讲究的，而鲁迅文学院在门上贴我们的原名，而不是笔名，就等于取消了我们作为作家的名字。就我所知，许多人看着门上自己的原名，心里都有点别扭。西飑拖着一个大皮箱来到鲁迅文学院，刚好在三楼的走廊碰上我，我们毕竟见过一次面，再次见到也就算是认识了。他说他住308，我早安顿好了，就陪他到308。西飑站在308门前，突然表情严肃起来，很陌生地看着门上的名字：刘向阳。西飑默了一会儿，几乎是愤怒了，一伸手就撕下了门上的名字，并且揉成一团，狠狠地扔了，郑重地对我说，我是西飏。我想，西飏的愤怒很有道理，我确实无法想象有个叫刘向阳的作家，就像"青衣""花旦"不叫青衣、花旦，而叫小青、小花。这是西飏唯一的一次愤怒，后来我再也没见他愤怒过。回到房间，我也立即撕了自己的名字，这样，在鲁迅文学院的第一天，我就当了一回西飏的跟屁虫，我们两个成了没有名字的人，而且感到无名的痛苦。

我是个很懒散的人，到了鲁院也没忘睡懒觉，头一次上课，我就迟到了。课间休息时，西飏很哥们儿地告诉我，你迟到被登记在册了，你要小心。老实说，我不算好学生，我一点儿也不觉着迟到是一件严重的事情。西飏见我并不在乎，又高兴说，这儿太严肃了，受不了，我们干脆早退，看他们怎么样？我陪你。我说，好，好。我们在课堂里只坐一会儿，就故意脚步很响地走了。回到宿舍，就像胜利了似的哈哈大笑，我们体验到了捣乱的乐趣，似乎真把自己当作了正在上学的学生。

照这样下去，西飏似乎是捣乱分子了，但鲁院只是头一个星期严厉，后面就很人性了，我们也就没什么乱可捣。鲁院的房子刚刚装修一新，差不多达到了三星级宾馆的标准，住在里面还是挺舒服的。只是鲁院地处北京东边的城乡结合部，周边环境很是混杂，鲁院门前的街道脏而且乱，充满了发廊和性用品商店。鲁院对面的一家小店，见鲁院又有一批新生入学，赶紧竖起一块某某神油广告牌，特别标明"10 元，4 次，延长 45 分钟"。这种环境也许是作家应该待的，但肯定不是作家喜欢待的。西飏从上海来到鲁院，就像是从城里到了乡下，很长时间，处处显得不习惯，时常抱怨原来属于自己的一部分生活丧失了。西飏长得很帅，就像是男人的标本，衣着也讲究，他走在鲁院门前的街上，确实与周围的环境格格不入，他应该走在长安街上。我逐渐发现，西飑是个很有点小资倾向的人，他的大皮箱里装了从上海带过来的咖啡豆和粉碎机，每天关在房间里偷偷给自己煮一杯咖啡。他可能是鲁院唯一一个每天喝咖啡的人，而且是自己煮的，不是速溶咖啡。喝咖啡当然是衡量小资的一个标准了。他还从家里带了电吹风，每天坚持吹头发，把头发吹得像他的小说一样干净、优雅。我嘲笑说，你每天吹头发干吗？女人才每天吹头发。他吓唬我说，你不吹头发，老了要头疼的。我说，你吹头发，老了才头疼。他说，那就我头疼吧，反正我要吹，习惯了。吹头发当然也是衡量小资的一个标准了。所以，我叫他小资，可是西飑很不喜欢小资的称呼，事实上，他对小资相当不屑。正因为他不喜欢，我才要叫，这是折磨一个人的好办法。他看一本什么书，我说这书，小资看的。西飑说，你高看小资了。他看《南方周末》，我也说这报纸，小资看的。西飑无可奈何说，既然你这么抬举小资，那我就小资吧。

小资西飑，有一爱好，下围棋，但棋艺臭得要命，可能比那个败亦欣然的苏东坡还臭。我说至少让你三子，他不服气，当即表示，能让三子，马上拜我为师。这个师父，我不花什么力气就当上了。西飑果然就像一个好学生，夜里，洗了澡，与老婆通过电话，然后悠闲地踱到我房间，端了棋盘，很是谦恭说，让几子？他开始摆三子，没几天，就增加了一倍，在棋盘上竟摆了六子。"十一"回到上海，跟老婆汇报，我在北京碰到了一个高手。好像被让六子是人生的一大快事。

西飑不太与人交往。半年过去，同学中居然还有不认识他的。临走的前一天，马丽华在食堂吃饭，忽然看见了西飑，很陌生，也不知道西飑身上的什么东西引起了她的注意，马丽华就悄悄问，这个人是谁的朋友？哪儿来的？

西飑在十年前就辞了职，大概是中国最早的自由撰稿人之一。那时，社会上尚没有"自由撰稿人"这一称谓，若是有人问他是干什么的，恐怕很难回答。西飑在写小说之余，也当影视编剧，或者倒过来说，在当影视编剧之余，也写小说。这两年，主要是当编剧，编了一个电影剧本和一部二十集的电视剧，大约赚了不少钱。在文学圈有句荤话，当编剧是嫖妓，写小说是手淫。但是，在一个小说家心中，手淫远比嫖妓崇高，写小说和当编剧根本不是一回事。西飑很为自己当编剧而不写小说感到焦虑，也许还觉得堕落。当编剧还是写小说？确实是个问题。谈到这个问题，西飑就有点恍惚，好像不是在跟人说话，而是在自言自语，我不当编剧了，我要写小说。鲁院学习快结束的时候，西飑告诉我，他要去美国了。去美国当然不错，我问他去美国干什么。他说，写小说。我很吃惊，跑到美国写小说？也太奢侈了，在上海不能写？西飑说，在上海只能当编剧。

就是说，西飑因为写小说而远走异国他乡。这个说法，在某种意义上说也是成立的。西飑是地道的上海人，离开上海，其实，他去哪儿都不习惯。就我所知，他对上海既保持着警惕，警惕那种大上海的良好感觉，又深爱着上海这个城市。上海申请世博会成功，他在宿舍走廊里跑来跑去，奔走相告。但是，对于一个作家，故乡并非某个城市，或者某片土地，作家的故乡只能是语言。任何一个地方，对他来说，都有一种局外感。西飑在一篇创作谈中说，我总是无法在某一个地方真正逗留下来，在那里生

54

根、发芽并茁壮成长，我不断地迁徙着，却是不含寻觅的迁徙，从根本上，是在徘徊和游荡。直到最后，我退出了延宕，成了一个自由的写作者。

成了一个写作者，不管是自由的还是不自由的，一种宿命就降临了，就是他永远在通往语言的路上。

二〇〇三年三月十五日，西飏到了美国的洛杉矶，他在电子邮件中说，那儿阳光灿烂，远处的山顶却有白雪覆盖。那儿应该是个写小说的好地方。西飏又强调说，准备写小说，汉语的。

北北和林那北

一

八年前，在鲁院，北北坐在我的前面，我能看见的是她的背影，一个修长的腰部，一动不动，似乎总在认真听讲，但她背面也是长着眼睛的。后来，她逢人就讲，我坐在她的后面，嗨，这孩子，没有腰的，上课总是趴在桌子上面，似睡非睡，一看就不是个好东西。

其实，北北的年龄与我大抵相当，"这孩子"，是她的口头禅。她一出现在鲁院，就带着这个口头禅，表示她已经是一位老太婆级的人物了，起码也是我们的长辈了。那时的北北，大概可以用风华绝代来形容吧。现在，文坛的男人们，闲来无事谈论女作家谁谁谁漂亮时，也是不约而同要说一说北北的。那时的北北，当然就可想而知了，一朵鲜花来到众人中间，必定有很多人想充当肥料的。但是，但是，敬爱的北北，芳唇轻启，面带微笑，很慈祥地说，瞧你这孩子，也来开我的玩笑。所以，半年过后，北北风平浪静地回福建去了。

北北给我的最初印象就是这样，她用一句简单的口头禅，把自己隔离了起来，这个同学，不仅长得漂亮，看来脑子也一点儿不简单。后来我才知道，她在福建有个男朋友，就是评论家南帆。据说南帆长得跟潘安差不多，或者比潘安好看那么一点点，我这才恍然大悟，怪不得她在北京，对那么多男色一点儿兴趣也没有呢。

两年后，我们又在武夷山见面了，她专门从福州赶来，也算是东道主吧，但她又不像个东道主，始终安静地躲在一旁，表情也是羞羞涩涩的。不知是谁，偷偷说，北北结婚了，上周刚刚结的婚。于是，我又恍然大悟，怪不得不像个东道主，原来还在扮演新娘的角色。然后，我就找她算账去了，妈妈的，结婚搞得也像偷情似的，也不告我们一声，也不请我们吃糖，也不带新郎让我们看看怎么样。北北慌乱地说，嘘。又假装不慌不乱说，嘘。好像她的结婚是一件巨大的秘密。接着她就开始关心起我的一项爱好——围棋，还下棋吗？下。长棋了没？没。有几段？没几段。我说，你问那么详细干吗，你又不下棋。北北笑了笑，说，南帆下棋。

后来，我和南帆，果然一见面就是下棋。有时，她陪在南帆身边，替我们端茶递烟，侍候得很是让人舒服，好像我们不是在下棋，而是从事着一件什么了不起的事情。北北不在的时候，有时我也打个电话告诉她，你老公又输棋啦。北北说，又输了？我说，又输了。北北说，你就不能让他赢一盘吗？我说，不能。北北郑重地说，看在老同学的面子上，你就让他赢一盘吧。我也郑重地说，不能，你要是怕你老公一个人寂寞，叫我帮他找个小姐可以，叫我故意输棋给他，这个真的不能。

前几天，我在看北北的一个小说，也写到了围棋，她说，棋迷和棋迷见面，就像嫖客见了妓女，不那个是不行的。我停在这句子面前，笑了半天，我几乎想象得出她写这句话时的表情。

二

其实，我觉着北北真正的表情，就是在说棋迷和棋迷见面时的表情，这是恶作剧的表情、颠覆的表情，这也是一个小说家的表情。譬如她那个叫《息肉》的小说，本来应该是个没意思的小说。但是，写《息肉》的是北北，她眉飞色舞又故作冷静地说啊说啊说啊，以至于说什么、什么立场都变得不重要了，重要的是言说者的表情。这很像餐桌上的北北，机智、幽默、好玩，她成功地把上访和拦截上访变成了一场游戏，一场猫和老鼠的游戏。看来，小说这东西，还真不能以题材论，关键要看是谁写的啦。

我在这儿忽然谈起她的小说，其实我并不是想评论她的小说，我想说的是，文如其人。这句话反过来也一样，北北就是这么一个人，她可以把任何事情变成一场游戏。她通常戴着一副严肃的面具，但稍不留神，便要露出其本来面目来。一个游戏欲强的人，我们可以说她有童心，智商高，可以用笑声来穿越现实，但一个游戏者往往也是一个自我解构者，这从北北身上也可以再次得到证明。

对于一个作家，我想名字是很重要的，世界是从命名开始的，作家也是从命名开始的。大部分作家，在成为作家之前，就是放弃父母取的名字，自己给自己命名。所以，童忠贵不叫童忠贵，叫苏童；刘勇不叫刘勇，叫格非；林岚不叫林岚，叫北北。

可是，这个北北，在北北这个名字如日中天的时候，忽然又对自己的名字不满意了，她又给自己改了一回名字，叫什么林那北，弄得我很久以后才知道原来林那北就是北北。

我说，你怎么就改名字了？

林那北说，嗨，你看我都这么老了，北北这名字孩子气，叫着不合适。

我说，林那北不好，还不如北北。

林那北说，那叫什么？

我说，要不，干脆叫"找不着北"算了。

一个成名的作家，是不能够随便改名的，改名无论如何是一件严重的事情，可能跟自杀也差不多吧。但是，北北说改就改了，一点儿难度也没有，我现在说的这个北北，只不过是个被林那北抛弃了的名字。不过还好，北北的改名好像又并不太成功，至少在我们这群熟人里面，大家还是叫她北北，而没有人叫林那北。

夜半无人

——评荆歌的长篇小说《鸟巢》

我习惯于在深夜读书，我读完《鸟巢》已经是凌晨两点了。合了书，我忽然觉着在这个时间阅读《鸟巢》是再合适不过的了。凌晨两点，是暧昧的、厌倦的、充满了伤感的记忆的，同时又是极为敏感的，人在这个时刻，很容易走向内心的隐秘地带。我以为《鸟巢》的文学品质也是这样的，荆歌在这个时刻，穿过了内心的晦暗，娓娓叙述了一种也只有在深夜才可以叙述的情感状态。

我并不是说荆歌在写自传，我的意思是荆歌叙述的这种情感状态，是以前的小说家没有意识到的，或者即便意识到了也不愿意说的。荆歌无疑进入了人类情感的未知领域。《鸟巢》叙述的是一种爱情，一种相当令人不解的爱情，一种在记忆中忽有忽无的爱情。《鸟巢》有两组人物，一组是"我"（男）、柳键（男）、纯思（女）；另一组是来老师（男）、龙小吟（女）、查志平（女）。都是三个人，一种三角形的关系。这种关系应该是尖锐的、紧张的，有强烈的戏剧性。譬如萨特的剧本《禁闭》就是三角形关系，男甲爱着女乙，女乙爱着男丙，男丙又爱着男甲（他是同性恋），他们组成了循环关系，无休止地进行互相折磨。萨特因此很形而上地感慨，唉，唉，他人就是地狱。但是，荆歌不是存在主义者，虽然来老师、龙小吟和查志平的关系是血淋淋的，他人确乎也就是地狱，但这组人物在小说中仅仅是一种对比，他们不是主要的，荆歌更像是昆德拉所说的那种小说家：存在的勘探者。他对结论不感兴趣，他只是对存在的未知领域深为好奇。于是他的笔下出现了一种连他自己也很茫然的爱情。"我好像并不是为了自己，而是为了柳键才爱着纯思。我突然提出了这样的假设，要是在我与纯思之间，没有柳键，我们还会相爱吗？我不知道，我真的想不明白……""我"、柳键、纯思，从人物关系看，似乎可以同萨特的《禁闭》进行某种比较，但萨特的地狱，在荆歌看来也有可能是天堂。荆歌是温暖的、抒情的，无论是"我"、柳键，还是纯思，这种情感都是很美好的，尤其是"我"，"我"和柳键和纯思的感情，无论如何也是"我"这灰暗的人生图景中最为闪亮的部分。

其实，我拿《禁闭》同《鸟巢》比较，并没有什么道理，我只是随便想到而已。我想，荆歌不是存在主义者。我推测，荆歌作为一个小说家，他大概会认为，人有无穷的可能性。所以就有了这本《鸟巢》。

赵薇的大眼睛

王干先生的新著《赵薇的大眼睛》，展示的不仅仅是学术观点，同时也是性情之作。这是一部像生活一样的书，一部跟谁都密切相关的研究大众文化的书。

王干以文学评论名世，他和王蒙的《二王对话录》，他在《钟山》倡导的新状态小说，他参与策划的《大家》杂志，均是当代文坛的重要事件。但是，这些年，文学是逐渐地边缘化，虽然文坛看起来依旧热闹，评论家们也依旧忙着开各种各样的研讨会，可那些究竟是什么会？不过是一群评论家在替一个作家说好话而已。文坛变成这个样子，评论家们在说完好话之余，想必是有点无聊，有点寂寞，有点荷戟独彷徨的。所以，一个评论家把目光从文学转向大众文化研究，也是自然的事，不仅是王干，像李陀、张颐武、陈晓明，也都在研究大众文化。

大众文化的兴起，也是近十几年来的事。如果随意给一个时代命名，大概二十世纪八十年代可以称为精英文化的时代，而九十年代以降则是大众文化的时代，大众文化研究，据说也已经成为一门显学。

王干的目的在于揭示那些围绕着我们生活的事物和话语背

后，所隐含的某种隐秘的东西。但王干的研究与学院派又有很大的不同，他是一个研究者，更是一个亲历者，面对大众文化，他一直是在场的，他自身就是一个个案。这本书是亲切的、随和的，一点儿也不摆评论家的架子，我们在看见大众文化真相的同时，也看见了作者的喜怒哀乐，就像在酒吧长谈。

所以，这本书是学术的，也是文学的，是轻松的，是一本很好读又长见识的书。

身体和大地

鬼子来了，鬼子进了贾寨。贾寨人惊慌失措，当贾寨人得知鬼子什么都不要，只要一个叫玉仙的"花姑娘"，贾寨人简直是欢天喜地了，连贾寨的儿童都唱起了歌：

娘娘娘，

龟田不要粮，

他要花姑娘，

花姑娘算个啥，

他要都给他。

玉仙是抗日英雄贾文锦的新媳妇。贾寨人是这样说的，贾文锦上前线抗战还不是为了保家卫国，若他媳妇一人能救咱全村人的性命，也算是对得起咱姓贾的了。玉仙自然不从，贾寨人便软硬兼施，全村老少甚至集体给她下跪。玉仙不把自己献给鬼子是不可能的了，你是为了集体，为了我们大家啊，你能不去吗？你敢不去吗？玉仙最后和村人约法三章：一、给俺立贞节牌坊；二、将来八抬大轿迎俺回来；三、俺死后，将俺埋在贾家祖坟。

贾寨于是安全了，贾寨人还相当得意，觉着捉弄了鬼子，狗日的龟田你个龟孙，俺贾寨也不是好欺的。你要黄花闺女，俺就是不给，送一个嫁过人的二道货，还让你弄不明白。

抗战胜利了，贾寨并没有人来迎她回家，玉仙只得自己回去，但她进村后，听到的却是阴阳怪气的声音：哦，是玉仙呀！俺还当谁呢，不是嫁给日本鬼子了吗，咋又回到俺贾寨了！玉仙最后在村人的冷漠、鄙弃和邪恶的欲望中死去。

这是张者《零炮楼》中的故事，虽然张者并没有把目光完全集中在玉仙身上，似乎处于无意识状态，有点心不在焉，但玉仙还是远比他那些男性英雄，让我感到悲凉。我凭空地想起了两千多年前的西施，玉仙和西施，她们竟也有些相似，我想，当年吴国城破之日，西施若不是选择投水自尽，而是回到故乡越国，她的命运将会怎样？想必跟玉仙也差不多，她选择自尽是非常明智的。西施，不只是一个美女，还是个智者。

贾寨人把玉仙献给鬼子时，贾寨，不仅是土地沦陷了，同时，贾寨的伦理、道德、尊严也全面地沦陷了。玉仙在鬼子的炮楼里，用她的身体守护了贾寨，当胜利终于到来，炮楼被一举端掉，玉仙的身体也就不再有用，她是应该死在炮楼里的。她回到贾寨，贾寨人是无颜面对的，她无疑会引发贾寨人良心的不安和耻辱感，贾寨人不惜撕毁条约，更愿意把她当作一个汉奸，鄙夷她，羞辱她，更极端点儿，还可以奸污她，她不是鬼子的老婆嘛。这样，贾寨人就算成功地修补了沉沦的伦理、道德和尊严，并且还在她身上再次获得了胜利。

每当我们遇到危难，我们总在重复这样的故事，这已经成为一种习惯了。

水做的小说

　　很多年前，差不多快二十年了，我曾经在苏州住过一段时间。正好是八月十五，我乘夜船从苏州回杭州，船的速度很慢，就像一个懒人在大运河当中散步，从苏州到杭州，得整整一夜。既然是中秋之夜，又在这么慢的船上，自然是想赏月的。但那是一个雾夜，周围都是烟水的气息，月亮是一点儿也看不见，虽然看不见月亮未免遗憾，但在烟水的气息中缓慢地航行，也是不错的。不知什么时候，雾忽然散开了，在雾的空缺处，静静地悬着一轮圆月，运河两岸的田野、村庄，以及田野和村庄中间的树，渐渐地也隐约可见了。我长久地伫立在船尾，仰着头，看这月下的江南缓缓地从身后退去，那感觉是妙不可言的，而心中分明又有着说不出的忧伤。

　　我说这些，其实是想说说朱文颖的小说。朱文颖的小说，总是让我想起这很多年前从苏州出发的夜行船。并非朱文颖是苏州人，而是她的小说确乎有那么一种雾夜航行的感觉，她的语言充满了拂之不去的南方的烟水气，是湿的、柔的、缠人的、孤独的、忧伤的，速度也是缓慢的。在叙述的途中，她的语言的气氛几乎笼罩了小说所有的事物和人物，所以，她的小说是模糊的，一种无法说清的情绪在弥漫，就像月下的江南，雾气氤氲。读她的小说，在某种程度上说，就是读她的语言，而且很容易被她的语言所感染，但是读完了，却很难言说。古人论诗，有种说法叫"气韵生动"，好像是个很高的境界，我以为，朱文颖的小说也是这个境界：气韵生动。

这是我对朱文颖早些年小说的印象，虽然她也被称作"美女作家"，但她显然不是那种尖叫的美女，她是古典的美女，她的身上或许还流淌着李清照、朱淑真、柳如是这些女性文学的传统。她的小说肯定是水做的，就像大观园里的那群女子，面对这样的小说，我除了说好，还能说什么呢？

新近，朱文颖又出了一个长篇《戴女士和蓝》。这回，朱文颖似乎跟以前大不相同了，那个水做的女子隐在了后面，而且故意改用男性视角来叙事，虽然她给自己戴上了面具，但这个小说依然还是水做的，甚至小说的主要场景就发生在水中。水是这个小说最重要的元素，戴女士和蓝，这蓝就是水的颜色。小说的梗概是这样的：我是上海人，在出国大潮中去了日本，在那儿干着极为低贱的营生，替海洋馆掏鱼类的粪便，这比来上海掏大粪的民工还要不堪。海洋馆的两条鲸鱼不知什么缘故死了，老板让我穿上鱼皮冒充鲸鱼哄骗观众，我就从一个人变成了一条鱼。同样变成鱼的还有另一个人，就是后来我猜测的戴女士。我和戴女士作为一条公鱼和一条母鱼，在海洋馆里表演鱼类的爱情，每天我们都要说上这么几句话：我爱你。我真的爱你。你不知道我有多爱你。这是老板要我们说的，属于表演的一部分，其实我们根本就没见过真面目，我们只是作为鱼类而存在。后来，回到上海，我认识了当健美教练的戴女士，我觉得戴女士就是在日本海洋馆里当母鱼的那个女人，但是戴女士怎么也不敢承认。

应该说，朱文颖的想象力是惊人的，这几乎是个人类存在的寓言。确实，我们可以兴致十足地花点儿钱，去找个瞎子卜一卜我们的前生前世，乃至三生三世，但有些经历却是无法面对的，戴女士经历的海洋馆的蓝，是极为残酷的蓝，在此，她由人异化成了鱼，但人到底还不是鱼，戴女士必须忘却海洋馆的蓝。

这个小说中的水，不再是江南的烟雨，它是海洋馆里人造的海水，咸的，跟眼泪完全是一种味道。因此，《戴女士和蓝》说的不再是忧伤，而是辛酸。

美女狗作家

这本书是献给狗的,不是为人写的,但也包括少数幸福的人。这似乎破坏了为人生而艺术的原则,不过,为人生而艺术的原则,偶尔破坏一次,我以为也是无妨的。再说这本书也不像是人写的,而像是狗写的,充满了狗的刁钻和聪明。事实上,这本书确实没有一句人话,全是狗在叙事,叙事者就是"酷儿",还是个女的,照时下流行的作家分类法,自然是"美女狗作家"了。

酷儿当然是有些来历的,她生活在一个文学家庭之中,她的女主人(准确的称呼好像是狗妈妈)阿三也就是崔艾真,是个专门以发现好小说为职业的,并且自己也写小说。酷儿周围的人不是作家就是编辑,耳濡目染,酷儿不成为一个美女狗作家,似乎是不可能的。

酷儿所处的文学氛围实在是好,大约要叫那些想当美女作家还未当成的文学女青年羡慕不已。譬如女作家徐坤,酷儿就很熟,还为之写序。徐坤是这样评价酷儿的:这是一条典型的聪明而不用功的小美女狗作家,优裕,闲散,悠然自得,表面贤淑而内心狂野,艺术口味刁钻苛刻,十分懂得低调做人、高调做狗。

这就是酷儿，一个北京的文化女小资，她没有太多的苦难，也不怎么深刻，但她聪明过人，骨子里是个享乐主义者，因为她相信享乐有很高的伦理价值，享乐就是最高的善。享乐的秘密说穿了很简单，无非就是尽量地偷懒，最好什么都不干。享乐主义者让脑子闲下来，彻底地享受自己的聪明。所以，《小狗酷儿》成了展示一个闲适的脑子究竟可以有多少聪明的容器，她喋喋不休地说着她的幸福人生、她的小资生活状态。许多事情，若是换了个人说大概也没有多少意思，但酷儿一说，就非常有趣，她的每句话都有很高的智商，甚至可以把你从痛苦中解脱出来，她在用她的聪明逗你玩。在这点上，酷儿十分成功，我估计，即便是一个哑巴在看《小狗酷儿》，也会被她逗笑的。

　　我肯定不属于少数幸福的人，但这并不妨碍我喜欢《小狗酷儿》。与狗有关的小说，以前我也看过一些的，比如屠格涅夫的《木木》、奥尼尔的《一只狗的遗嘱》，这些前辈写狗是同情，而崔艾真是体贴。因此，酷儿可能是所有狗中最像狗的一条狗，也是最幸运的一条狗。

乖 孩 子

钱好是八〇后，不过，我估计她并不愿意自己被称为八〇后，八〇后作为一个文学概念似乎并不成立，但是作为一项商业策划却异乎寻常地成功。现在，大家都知道，在图书市场上，谁也不可能跟八〇后的作家们比，乃至出现了八〇后据说是代表人物郭敬明，在举办一项什么活动，开始寻找自己的接班人了。

我们今天在此谈论另一些人，比如钱好。钱好跟郭敬明是同龄人，背景也差不多，都在新概念作文获过一等奖，而且钱好还获过两次，也曾经有出版商盛情邀请过她，赶紧出书。但是钱好拒绝了，钱好的理由好像是不想误人子弟，还没到出书的时候。其实，那个时候，钱好如果也赶紧出书，没准儿现在也像郭敬明一样火了，也得给自己举办一个什么活动，寻找接班人了。这个时代，似乎并不需要什么水准、什么火候，反正这个时代的成年人，是不买书也不看书的，你即便写得很好，通常也是要被湮没的；你写得很幼稚，甚至比你的粉丝们更幼稚，没准儿莫名其妙就火了。当然，这种东西可能不是文学，而是某种青春期读物，或者青春前期读物。

钱好拒绝的应该就是这种青春期读物吧。所以钱好走了一条跟郭敬明他们完全不同的路，一条向文学经典致敬的路。在钱好现有的作品里，所呈现出来的，是一个乖孩子，一个有文学天分的并且热爱文学的乖孩子。她不一定是八〇后的，她也可以是七〇后的，也可以是六〇后的，甚至也可以是二十世纪三十年代的。我的意思就是钱好就可以证明，把文学划分成六〇后、七〇后、八〇后是荒唐的。从钱好的角度也可以这样说，她避开了这种年代的陷阱，一个作家，不论身处什么年代，她所关注的都是基本的人性。这从她最初的获奖作文《写我所想写的》，就得到了充分的表现。她写的是亲情和爱情，而且那么小的年纪就有了刻画人物的能力，她把萝卜头写得让人印象深刻。在稍后的另一篇小说《哥哥》里，她则展现了单纯的力量，字里行间有着令人感动的文学品质。她最近的一个小说《宁和弄》，获得了北京大学首届校园原创小说的三等奖，这个小说的语言已经相当成熟，只是稍嫌单薄一些，在《宁和弄》里，作者把目光投向了社会，而且是平和的、冷静的，不再是一个孩子，这应该是一次进展，钱好开始在测量人性的广度和深度。

当然，钱好的文学之路才刚刚开始，现在还不好说她将走向哪儿，我只能说她走在文学的正道上。我这样说，好像我已经是个老人，在倚老卖老，所以，不好意思，我不说了。

关于《卖米》

孔令燕来电说，《卖米》火了，你再写个编辑手记。我想了想，原来已经十四年过去了，孔令燕也从当年的小姑娘变成了社长。那时，我漂在北京，所谓"北漂"，在《当代》兼任编辑，原因跟飞花的《卖米》也差不多，为了生计。没想，这编辑一做，还真成了职业编辑。

当时，我是常去北大的，北大的小朋友们，譬如徐则臣、李云雷、文珍、石一枫，经常在一起玩。徐则臣的短篇《花街》和李云雷的评论，也已经发表在《当代》上，如今他们全都是著名作家了。北大给飞花颁奖的那晚，记不清了，估计我们也是在一起的。唉，若是飞花还在，她现在是怎样的一个作家呢？

通常，《当代》发个小说，并没有编辑手记，特意加个编辑手记，就是纪念的意思吧。我觉得，这个编辑手记，说得还算清楚。

编者手记：

在此之前，大约是四月份吧，《卖米》曾获得过北京大学首届校园原创文学大赛一等奖。但是，在颁奖现场，获奖者并没有出现，而是由她的同学们在寄托哀思，那气氛已经不是颁奖，而是在开追悼会了，一时间，沉默覆盖了北大的整个阳光大厅。至此，我才知道获奖者在一年前就已身患白血病离开了人间。从颁奖会到追悼会，那种感受是难以言传的，当时我就想看看《卖米》。

不久，稿子到了我手上，我是带着一点悲伤看完《卖米》的。飞花一开始就说，这不是小说，里面的每一个细节都是真实的。但面对现实的苦难，这个年纪轻轻的作者，态度是朴实的、从容的，甚至是面带微笑的，平淡中有一种只有经典的现实主义才有的力量。如果飞花活着，那将有多少期待啊。

《卖米》发表后，当时也是很火的，好像所有的选刊都选载过一遍，《小说选刊》《小说月报》《新华文摘》《读者》，记不全了。那时没有微信、微博，一篇小说，若是所有的选刊都选，应该算影响很大了吧。转载也有微薄的稿费，每千字三十元左右，稿费大多是由我转给飞花母亲的。《卖米》不长，一次也就百把块，我每帮她转一次，心里总有些歉疚，觉着这钱实在是少了点儿，不知飞花母亲，现在安好否。

猫　　说

无聊和猫的游戏精神[①]

　　大家好。这个教室对我来说，还是很亲切的，我曾多次在这儿听过讲座，但今天上台来讲，感受还是很不一样，我发觉，坐在下面听，比在上面讲，要舒服得多。今天我说两个话题，一个是关于无聊的小说，主要材料是我自己和图森的小说。我说的无聊不是通常意义上的骂人的话，而是指一种丧失了意义的生活状态，用时髦的话说就是后现代生活状态。无聊，是我的生活状态，也是你的生活状态，也是所有人的生活状态，这是存在最基本的一个困境。我要说的另一个话题是猫的游戏精神，这是面对世界所采取的态度，也是小说的一种精神。

　　在说无聊的小说之前，我想先说我自己，因为我的生活状态和图森的小说是可以互证的，它们共同指向一种美学状态，就是无聊。而且无聊这个话题，容易引起误解，我也只能拿自己开涮。

　　我现在是"京漂"族中的一员，我已经做了四年的"京漂"，在此之前，也就是二〇〇〇年之前，我待在温州乐清那个地方。

[①] 　本文为作者二〇〇三年十一月九日在北京大学的演讲稿。

那是一个县级市，有一个著名的风景区——雁荡山。但是，乐清在当下最引人关注的并不是雁荡山，而是它是所谓"温州经济模式"的发源地，那个地方相当富庶，千万富翁遍地都是，在大街上，随便扔一块石头，被砸死的可能就是一个千万富翁。当然，我是那个地方的一个穷光蛋，因为我没有去做生意，而总是在思考世界如何如何。我在那儿做过两份工作，先是乐清市委办的秘书，我参与起草过几份对乐清还蛮重要的文件，我差不多是个好秘书，如果循规蹈矩的话，我现在有可能是乐清某个局的副局长，运气好的话，也有可能是局长。但是，我只当了一年的秘书，就自己跑掉了。我从市委办跑到了电视台，如果是组织上正常的调动，应该是当点儿什么的，但我是自己逃跑的，所以什么也不是，我只是当一个记者。这是我的第一次逃跑，这是一条往下走的道路，当地一些人看我从市委办到电视台，竟没有混上一个副台长之类的职务，都认为我肯定是受了某种处分，他们从此也就不理我了。我也无所谓，反正我跟他们也不是一类人。其实，在电视台当一个小记者，也没什么意思，不过，电视台有不少美女，跟美女待在一起，总比坐在会议室里一本正经开会好玩。

我愿意选择一条向下走的道路，我想，最主要的原因就是我骨子里是个文学青年，我准备或者说梦想当一个作家，对作家以外的东西，我都不在乎。我的这种选择，跟温州那个地方的价值取向是完全相背离的，温州是个只认钱的城市，在温州准备当一个作家是相当荒谬的。就算我已经是个作家了，又怎么样？在温州，如果我说我是个作家，或者别人介绍我是个作家，人家往往是茫然的，他们不知道作家究竟是个什么东西；知道作家是个什么东西的，往往又是不屑的，他们也许有文化上的自卑感，也可能是把作家看得过于神圣，他们不相信温州这种地方也会有作家。一本叫《温州青年》的杂志，索性把本地作家出的书说成"出恭"。总之，在温州想当一个作家是一件很可笑的事情，只有傻瓜，才想当一个作家，我就是这样的一个傻瓜。

我是在二十世纪九十年代初开始写小说的，我至今还相当满意的一个中篇《玄白》写于一九九二年，当时，我满怀信心地四处投稿，但所有的刊物都约好了似的，都是泥牛入海，杳无音信。写作是需要发表的，没地方发表的写作很难坚持下去，我作为一个文学青年，也就渐渐地远离文学了，这是很糟糕的一种状态。有好些年，我什么也没写，我不知道我在干什么。

让我到现在也搞不懂的是，我之所以从乐清到北京，居然跟世纪之交的两个重要日子有关。一九九九年八月十八日，也就是诺查丹玛斯预言世界末日的那天，我特别记得这一天，我虽然不太相信这天就是世界末日，但我觉得能够亲眼目睹世界末日，死了也是值得的。诺查丹玛斯说，八月十八日，愤怒天使从天而降。有天使从天而降，不管她愤怒不愤怒，都是值得一看的。但我觉得，关于世界末日最有意思的是我们唐朝的李淳风在《推背图》里的描述，他看到的世界末日是这样的，"禽兽皆著衣，人皆裸体奔驰于天下"。但是，八月十八日什么也没有发生，我记得那天阳光特别灿烂，那天，一个叫徐刚的作家来到乐清，当时我还没有意识到徐刚对我竟是如此重要。我和几个朋友陪他去雁荡山玩，一路胡言乱语，觉得和一个作家在一起度过八月十八日，也是很好玩的。夜里我们出去吃夜宵，徐刚见路边小店的铅锅里煮着肉骨头，顿时眼睛一亮，挑了一块大得吓人的猪腿骨，

79

坐下忘乎所以地啃将起来。他长着一个硕大的脑袋，一圈银发绕着一个闪闪发亮的秃顶，只见他的银发一抖一抖的，一个大骨头就啃完了，似乎还不过瘾，又向店家要了吸管，插入骨头内部猛吸骨髓，咻咻有声。他那个样子非常好笑，我忍不住就开了一句很不恭的玩笑，说，徐老师啊，你啃的骨头比狗啃得可干净多了。徐刚哈哈笑着说，是的，是的。我又说，等你死了，我写篇纪念文章，题目就叫"徐刚啃骨头"。徐刚又哈哈笑着，说，好的，好的。

大概是我的玩笑表现了一个文学青年应有的放肆，徐刚开始关注我了。临走，他叫我拿篇小说给他看看。我就把很早以前发在乐清文联内部刊物《箫台》上的《玄白》复印了一份，让他带走。

我说过《玄白》写于一九九二年，那篇东西写一个不务正业的人，如何痴迷于围棋。那是一种很认真的游戏，我写得也很认真，主题是指向传统的道家的人生观，与传统文化有直接的继承关系，甚至结尾就来源于《世说新语》。我几乎照搬了嵇康下围棋的故事，嵇康下棋的时候，他母亲死了，但是他不理睬报丧的人，坚持把棋下完，然后号啕大哭，吐出一口血来。我自以为《玄白》写得有点境界，那是我倒霉时期的一个乌托邦，当时我的生活境况很不好，寄住在乐清中学学生宿舍的楼梯间里，楼梯间原是堆放废弃的杂物的，我住在里面，就像一件被人遗弃的杂物。让我高兴的是，杂物间的窗外长着一丛惹眼的水竹，我就坐在窗下望着那丛水竹写作，心里竟意外地宁静。水竹对我的写作似乎有某种潜在的影响，至今我还觉着《玄白》里包含了竹子的某些气质，好像竹子是《玄白》的另一个作者。但在一九九九年，我对《玄白》早已不抱希望了。

不料徐刚回京以后，在电话中说，《玄白》他看上了，已经推荐给《小说选刊》。不久，《小说选刊》原副主编傅活先生打电话问我《玄白》是在哪儿发的。我说《箫台》。傅先生说，《箫台》是哪儿的刊物？我说，乐清文联的内部刊物。傅先生在电话里呵呵笑着，说，内刊我们不能选，这样吧，小说我们看上了，我给你先推荐到公开刊物发表，然后再选。后来是傅先生自己把稿子送到了《青年文学》主编李师东手上，这样，我这篇写于一九九二年的小说，时隔八年之后，终于在二〇〇〇年出世了。

若不是徐刚和傅活两位前辈，我想，我肯定跟文学没有关系了。《玄白》的发表，使我重新回到了写作状态。二〇〇〇年，对我还是很重要的，这一年，就是所谓的新千年。千年曙光最早在温岭石塘的海边出现，那地方就在乐清隔壁，很多人都极其兴奋地赶去看千年曙光。我也去了，我是被朋友硬拉去的，其实我一点儿也不想去。但是，去就去吧。那海边，所有能站人的地方，都密密麻麻站满了人，就像一个硕大的蚂蚁窝，这说明对新世纪充满希望的人还是很多的。我们站在海边的一处斜坡上，等了几个小时，终于看见太阳从海平线那边很平淡地出来了，开始一点儿也不像太阳，而是像涂了口红的女人的嘴唇，有点性感，慢慢地那嘴唇越张越圆，红红的就成为一轮日出了，于是就沐浴在新千年的曙光里了。等太阳升得老高，再也没有新的感觉了，我们下山，我记得我困得要命，我想起《日出》里的妓女陈白露的一句台词，太阳出来了，但是太阳是他们的，我要睡觉了。

我说这些，大概是想表明我当时处于很颓废的状态，但很奇怪，此后很长的一段时间，千年曙光时不时地总在我的脑子里出现，好像我的脑子是千年曙光的一个屏幕。在我的记忆里，千年曙光是女性的、性感的，千年曙光似乎为我提供了某种活力，我突然不想在乐清那个地方，那样无所事事地混下去了，我再次选择了逃跑，于是我来到北京，成了"京漂"。

我来北京的第一个落脚点就是北大，我是来北大中文系进修的，我自个儿掏的学费。不久我就发现，原来北大的课堂是完全开放的，谁都可以旁听，像著名的沈从文，当年也是北大的旁听生，而且这个传统依然完好地保存着，我想在北大听课，完全没必要交学费，至今我还后悔，这笔钱花得真冤。中文系的课我差不多都听过，历史系、哲学系的也听过一些。我喜欢听课，我觉得这种生活方式相当不错，坐在课堂里一点儿也不用动脑子，爱听不听的。我听课可能跟大家有点不一样，我没有目的，我不过是个学术消费者，其实我不知道我干吗要听课。有一次，车槿山教授就问过我，听课对你有用吗？我摇头说，没有用。车教授说，那你干吗要听？我说，我喜欢。车教授大概觉得我蛮另类，我们就不仅仅是师生关系了，同时也成了朋友。这个意思，我在一个叫《读书去吧》的短篇小说里表达过，那个叫郑君的人物，也是个莫名其妙的温州人，他想去读作家班，过那种听课、睡懒觉、想女人的大学生活，但最终他被大学拒绝了。

在北大，我对一群人特别感兴趣，就是那群旁听生，他们被称作北大边缘人，因为我也是北大边缘人。这群人身处校园和社会的结合部，既有流浪汉的气质，又有学生的单纯，他们看上去很有个性，但他们又是没有身份的，不知道自己是谁，很有点后现代的意味。我曾经想写一个关于北大边缘人的长篇，我查过北大历史上那些著名边缘人的资料，比如沈从文、丁玲、杨沫等。

我还采访了不少北大边缘人，有些人确实让我印象深刻。一位住在西门外的老兄，他的志向是做哈贝马斯那样的哲学领袖，他原来是某个工学院的学生，但他读到大二就自动放弃了，跑到北大来旁听，已经旁听了七年。大概是很有学问了，他觉得他原来上学的工学院总共五千师生加起来，也没有他一个人重要。那天，我去拜访他，是初次见面，我说，什么时候拜读拜读你的论文。他一点儿也不客气，说，你看不懂的。我说，我也懂点儿哲学的，没准能看懂一点。临走，我又客气了一句，非常遗憾，没读过你的大作，还不了解你的思想。他送我出来，送了很远，我感动地拼命握手，说，别送了，别送了。他停那儿，并没有回去的意思，突然，他很严肃地告诉我，你刚才有句话，我听了很生气。我赶紧问，哪句话？他说，你刚才说，你没看过我的大作，不了解我的思想。难道你看过，你就懂？你就了解我的思想了？你太自负了，你是在侮辱我。我看着他，他非常严肃，一点儿也不是开玩笑，我这才知道他不是来送我的，而是来抗议的，我就不知道怎么表示了。我现在还很清晰地记着他那种很严肃的抗议的表情，可惜我到现在也没有写这个长篇，我只写了一个叫《同居》的中篇，也是以北大边缘人为原型的，写那种男女同住一屋的想象空间很大的生活，有兴趣的可以看看。

去年九月，鲁迅文学院举办了首届中青年作家高级研讨班，每个省一至两个名额。我说过，我喜欢读书这种生活，我作为浙江省的代表，成了这个班的学员，我就告别了北大边缘人的生活，和来自全国各地的作家们一起混了。临近学期结束，《当代》杂志社来到鲁院，准备在这个班里物色一个编辑，他们知道我是在北京混的，像我这种"京漂"，通常很廉价，而且水准想必也不会太低。他们就找了我，《当代》的主编常振家先生问我以前有没有当过文学编辑。我说没有。常主编就有些犹豫了。我大言不惭地说，我虽然没当过文学编辑，但没什么，我肯定是个好编辑。常主编的脸上就有些惊讶。后来，我们又谈了一次，他问我要不要调动？我说，不要，就聘用吧。他说，为什么？我说，调动太麻烦，我调不动。这样，我现在就成了《当代》的编辑。我说，我肯定是好编辑，当然是吹牛皮的，其实，我不过是个很平庸的编辑，但我希望大家给我赐稿，如果我组到了好稿子，那我确实就是好编辑了。

我是走一步看一步的，具体地说，就是过完了今天再说。我的未来将会怎样，我一点儿也不知道。"京漂"肯定不是一种理想的生活，这种生活看起来似乎很自由，面前好像有无数个方向，其实什么方向也没有，这是一种完全悬浮的状态，跟什么都没关系。我待在北大、待在鲁院、待在《当代》，其实这些地方跟我都没关系，我只不过是一个局外人。像北大边缘人，本身就是一种尴尬的命名。我活在一种没有身份的、无名的状态之中，唯一拥有的就是不确定性。这实在是一种很尴尬的状态，这种状态，如果用学术的词语描述，大概可以说使我从现代进入了后现代状态。像现代派文学，不断地在追问，我是谁？其实现代派是知道他是谁的，那是一个主体在追问，在进行形而上的追问。现在，我也在追问，我是谁？我确实不知道我是谁，这是很具体的，因为我是"京漂"，"京漂"说明我在北京漂，我和北京之间无法建立认同感，我和我置身其中的现实，失去了最基本的身份认同，那我还怎么知道我是谁？这就是我所知道的一个"京漂"的精神状态。这种状态当然不好，但我并没有打算回去，我还是在北京漂。实际上，我回去生活要容易得多，我可以在乐清过着衣食无忧的生活，整天东游西荡，无所事事。但是衣食无忧又怎么样？无非也就是回到原来我已经放弃的那种生活。谁问我最近在干什么，我都说没干什么，什么也没干。我坐着等死，就像成语所说的坐以待毙。其实，在外面漂久了，想回去也是回不去的。我也经常回去住一段时间，但我发现，我在家里像个游魂，我对乐清这个地方感到很陌生，按加缪的说法，对你原来熟悉的东西感到陌生，荒诞感就产生了。荒诞就存在于人和现实突然发生的断裂之处，那么我就成了一个荒诞的人了，所以我还是不顾一切地逃走。

像我这样跟文化有点关系的"京漂"，据说，在北京就有十万以上，我不知道他们的境况怎样，我估计，也不怎么样。因为在北京，到目前为止，"京漂"的生存空间是极其狭窄的，"京漂"必须为生存而奋斗。像我这样写小说的，大家知道，小说稿费之低已经到了很可笑的地步，而且超过八百元还得纳百分之十一的税，也不管你这个小说是写了一年还是两年，统统都按一个月算。单靠写小说是要我死人的，所以我还必须被某个文化单位雇用，做个打工仔，才能活下去。这种状况确实是让人担忧的，前不久，我和李敬泽等几个人一起吃饭，李敬泽很关切地问，你有什么打算？我说，没打算，混嘛。李敬泽说，那你以后怎么办？我说，我不知道，反正就是混嘛，等老了，混不动了，随便往哪个街角一坐，然后脑袋一歪，哐当一声，死了，游戏就结束了。李敬泽大概觉得这个结局过于悲惨，又做了一些修改，他说，是坐在街角晒太阳，然后往身上挠挠，抓几个虱子嗑嗑，就像嗑瓜子。

李敬泽说的是阿 Q 的生活，当然是玩笑了，我并不希望我的未来就是这样。但是，我的结局，最有可能就是这样。

不过，这种生活也不是一点儿好处也没有，我个人认为，最大的好处就是使我从存在的困境又退回到了生存的困境。但是，今天我不想谈太多的生存困境，我想谈的还是存在的困境，也就是无聊。

开头我说过，无聊是存在最基本的困境，是任何一个人随时随地都有可能遭遇的。无聊的状态是这样的，当你和无聊遭遇，时间就停止了，意义也丧失了，你处于空无之中，这种状态类似于死亡。二十世纪二十年代的湖畔派诗人汪静之，写过一句关于无聊的诗，他是这样写的："无聊得连女人的屁股也不想摸。"汪静之这样叙述无聊的时候，他作为男人就已经死了。汪静之因为这句话，被鲁迅讥为"摸屁股诗人"。其实，无聊是生活的常态，谁都躲不了的。我忘了是叔本华还是尼采说的，天堂和地狱代表人生的两极，地狱代表痛苦，天堂代表无聊。

但无聊又是被以前的文学所忽视的，我说的以前是指后现代以前的文学。后现代以前的文学，总的来说，都是追寻意义的文学，比如浪漫主义是关于激情的叙事，现实主义是关于批判的叙事，现代派是关于痛苦的叙事。痛苦、激情、批判，在这些作家眼里，肯定是有意义的，而无聊恰恰是丧失了意义的生活状态，被以前的文学所忽视，也就很正常了。当然，无聊在以前的文本里也有出现，不过，都是零碎的、片断式的，它不占据文本的中心。

无聊作为一个重要的文学主题，成为文本的一个结构性因素，就我所知，是从图森的小说开始的。

图森算不上一个大作家，但确实是新小说之后的一个重要作家。小说写到新小说那儿，文本内部的实验几乎已经被穷尽，先锋作家们快要迷路了。我觉得是图森找到了一个出口，小说不再在文本内部试验，又重新回到了关注人类存在的困境上。无聊和痛苦一样值得关注。如果说现代派是地狱时代的叙事，那么后现代就是天堂时代的叙事。新小说之后，文学好像不再有什么派，以后如果还有什么派，我估计也就是无聊派了。

关于我的无聊的生活和图森的无聊的小说，就到此为止了。说到这儿，我才发现我犯了一个错误，我定的题目——关于无聊的小说和猫的游戏精神，其实是两个话题，原来我以为它们之间有逻辑关系，可以联在一起的。但是，当我想说猫的游戏精神，才觉着它们之间并没有太大关系。不过，猫的游戏精神确实是我面对现实的态度，也是我评价小说的一个标准，我还是想说一说。

最初，我是在阅读鲁迅的小说时，感受到这一点的，我觉得鲁迅是一只猫，鲁迅和世界的关系就是猫和老鼠的关系。猫吃老鼠，从来不是马上吃掉的，而是戏耍之，把玩之，猫具有一种与生俱来的艺术天赋、一种冷嘲热讽的游戏精神。猫的这种戏耍把玩的态度，完全摆脱了胃的控制，使充满暴力的进食过程，上升为戏剧性的一次审美活动。猫因此成为动物界独一无二的智者，在民间传说中，猫是老虎的师父，老虎是百兽之王，猫无疑就是帝王师了。而鲁迅作为一个小说家，也正是这样，他对待他笔下的人物，也是一种戏耍把玩的态度，一种冷嘲热讽的游戏精神。他的《孔乙己》《阿Q正传》《故事新编》莫不如此。

猫的叙事是冷酷的、残忍的，同时也是愉悦的、审美的，猫的脸上总是混合着既像笑又像哭、既不像笑又不像哭的那种表情，大约就是果戈理所谓的"含泪的微笑"。猫的这种游戏精神，面对现实很可能是遭人厌的，而一旦在虚构的小说世界里展现出来，却是伟大的。它赋予了小说从容、幽默、智慧、深刻、冷漠、凶恶等品质，小说因此在轻与重、快与慢、灵与肉、生与死、丑陋与优美、形而下与形而上之间，挥洒自如。

在文学史上，这样的作家并不少见。比如斯威夫特，他在《格列佛游记》里极其轻蔑地嘲弄人类，基本上不把人当人；比如钱钟书，他在《围城》里朝所有的人物都吐智慧的唾沫，以显示他过人的才华。如果详细罗列，大概可以写一本猫的游戏精神史。我以为，猫的游戏精神就是小说家的精神，这些具有猫性的作家，是文学史上最重要的精神资源之一，他们使我明白，这个世界虽然丑鄙不堪，但只要有恰当的态度，还是很好玩的。

最后，我想强调一点，猫的游戏精神，不仅仅是面对世界的一个态度，同时更是面对自我的态度。因为作为小说家的猫，他叙述的可能不是别的，而正是自己，就像鲁迅在《野草》里写的，有一游魂，化为长蛇，不以啮人，自啮其身。这句子太斯文，我解释一下，就是不咬别人就咬自己的意思。真正的小说家，我想是在自啮其身的时候，也是那么一种戏耍把玩的态度，那么一种冷嘲热讽的游戏精神。

我讲完了，谢谢各位。

先锋之后

　　叫我来讲课的是黄咏梅，其实刚答应我就后悔了，我从来没讲过课，我觉得这世界上有两件可怕的事情，一件是杀头，另一件就是讲课，甚至讲课比杀头更可怕。而且，这讲课的题目还得自己取，黄咏梅说，你报上题目，我随口说，先锋之后。于是今天我讲的就是《先锋之后》。

　　先锋之后不是指后先锋，我们平常说的后先锋，指的就是后现代。一个文学流派，先锋之后，是什么呢？我的意思是，先锋过后，还有什么，我们还有可能做些什么？假如前面还是一团黑暗，我们什么都不知道，未来的文学将会是什么？那么，我们先回头看，那么我们又该如何面对先锋。

　　我想，我们不应该忘记先锋，先锋是绕不过去的，我们也无须像以前那样崇拜先锋，我们可以用审视的目光，来给先锋做一次清理。

一、先　　锋

　　我这里说的先锋就是指现代派。现代派并非一个流派，而是

89

许多流派的总称。现代派概况，我想大家都知道，这儿就不讲了。但我还是要先讲一下我理解的现代派，我认为理解现代派有三个关键词，一个词是革命，一个词是自我，还有一个词是叙事。

1. 革命

众所周知，二十世纪是一个革命的世纪，二十世纪被称为现代派的文学也是文学革命的产物。现代派，不论哪个派，都是以批判传统，甚至是决裂的姿态出现的。小说方面，完全放弃了传统的小说理论和写作模式，传统的小说三要素消失了，小说写作获得了充分的自由，文本实验没完没了。比如索莱尔斯的《女人们》完全由名词构成，比如《隐身人》不装订，没有页码，像一副扑克牌。这些是极端的例子。其实像意识流小说等出现的时候也是文本实验，《墙上的斑点》最明显的特征就是文本实验、文本革新，创造了一种新小说。

革命成果就是几乎穷尽小说写作的各种模式，为后来者提供了成熟的小说技术。

2. 自我

自我不仅仅是现代派文学的关键词，也是西方现代运动的关键词，自文艺复兴运动以来，五百年的历史，一言以蔽之，就是自我建构的历史。我们再把五百年细分一下，十五至十九世纪，文艺复兴、古典主义、启蒙运动、浪漫主义、批判现实主义以及自然主义，这是自我的理性建构时期。中世纪以前，人是有罪的，文艺复兴开始，人才成了万物之灵。启蒙运动，是对人的理性的确认；浪漫主义，是对人的激情的赞美；现实主义是寻求人间正义。这些，都是自我的外部建构，并且以人权宣言的方式，确立了自我的神圣性。而到了二十世纪，自然就开始了自我的内部建构，现代主义就是自我的内部建构。人一开始关注自我的内部，问题也就来了，人们发现，自我是孤独的，人在世界上是荒谬的，人与人之间是无法沟通的，在尼采宣布"上帝死了"一个世纪后，福柯宣布"人也死了"。二十世纪的现代派文学，就是这么一种关于自我的文学，它是西方现代文化进程中自然而然的一部分。二十世纪的文学，不关注自我，还能关注什么？二十世纪的自我，用我们习惯的说法，不是大我，而是小我。大我不是真我，只有小我才是真实的。人不再是万物之灵，而不过是一条虫子。英雄死了，现代派文学里的自我都是一个个孤零零的可怜的自我。卡夫卡式的自我，焦虑、孤独、荒谬、绝望，所以，卡夫卡理所当然成了现代派的鼻祖。

3. 叙事

现代派对人类最大的贡献可能就是叙事。人，天生就会抒情，所以诗歌早于小说，几乎所有的文学史都是从诗歌开始的，而叙事是理性的产物，人并非天生就会叙事。叙事必须依赖虚构能力，而且要掌握叙事的几个基本元素：时间、地点、人物和事件。其实典型的叙事也就是讲故事，在汉语里，算得上是一个完整故事的据说是《尚书》中的一篇——《金滕》，而且整部《尚书》也就那么一篇。那仅仅是叙事的萌芽，叙事不是那么容易的，人类掌握极其复杂的叙事，也只是很晚近的事。

在西方，像文艺复兴时期薄伽丘的《十日谈》，十八世纪萨德的情色小说，十九世纪狄更斯的批判现实主义小说，就叙事而言，都还是相当简陋的。真正的现代叙事好像是从福楼拜开始的，然后经过一个多世纪的叙事摸索，才形成了现在的这种叙事方式。现代叙事与传统叙事比，大概有这几方面的变化：一、从全知叙事到限知叙事。这个变化看上去简单，但也是到了《包法利夫人》才完成的，作家从上帝的角色，变为与作品等同的角色，增加了叙事的真实感。二、从宏大叙事到个人叙事。这与自我建构密切相关。现代派以前的叙事，大都是宏大叙事，宏大叙事就是关于国家、民族、集体的叙事。而自我建构，不管是自我外部建构还是内部建构，必然是建立在个人叙事上的，自由也是建立在个人叙事上的。在中国，比较典型的个人叙事，我觉得是九十年代的女性写作，像林白的《一个人的战争》。三、叙事的密度、质感、信息量完全不同（狄更斯和新小说比较）。像狄更斯，他是个成功作家，在英语文学里，影响最大的除了莎士比亚，就是他。但狄更斯的叙事，啰唆，混乱，人物简单、脸谱化。福斯特所谓扁型人物，经常手法就是夸张身体某一器官，至人不能忘，儿童级别的幽默。再看罗布－格里耶他们的新小说，新小说，仅从叙事上看，是达到了小说叙事的巅峰，叙事视角像架在三脚架上的摄像机，极其稳定，语言像油画一样，质感、画面感、透视感都达到了最佳的程度。

好，谈完了革命、自我和叙事，我们大致也就明白了现代派文学，第一，它是革命的、反传统的，不是对现实的反映，而是对存在的探究；第二，它不是关注外部的大我的文学，而是关注自我的内部的文学。

二、中国的先锋

刚才讲的是西方的先锋，接着我们说一说中国的先锋，我想这部分大家都很了解，没必要很详细说。我记得中国的先锋是从一九八五年《人民文学》的某一期开始的，那期登了徐星的《无主题变奏》和刘索拉的《你别无选择》。当时看这两篇小说，确实激动，这两篇小说跟宏大叙事基本没有关系，是贴着个人的内心写的。然后以《收获》《花城》《中国》等刊物为阵营，出现了莫言、余华、格非、马原、残雪等一大批先锋作家，但热闹也就几年，发表的基本也是模仿之作。现在回头看，八十年代的中国这个先锋运动，大概只能算是先锋练习运动，而且后来，先锋运动就迅速消沉了，取而代之的是新写实。先锋作家统统面临转型，转型最成功的大概算是余华，他的《活着》发在一九九二年吧。莫言还发表过后撤宣言，就是从先锋后撤一步，回到传统，作品是《檀香刑》，用章回体写作。剩下的就没那么幸运了，格非苦熬了十几年，把头发也熬白了，最近才出了《江南三部曲》。马原也是，去年才出《牛鬼蛇神》，而且跟他们的早期作品比，大家觉得怎样呢？

现在回顾中国的先锋文学，先锋文学的高潮一过，我们会发现许多先锋作家身上的先锋精神是需要重新评价的。在中国真正有现代精神的作家并不多，很多作家是随大流的，新写实流行，就新写实；底层写作流行，就底层写作；影视流行，就写个可以改编影视的小说。我觉得先锋不只是文本实验，也不只是技巧模仿，先锋最主要还是精神上的区别，也就是先锋精神，当你对世界的看法发生了变化，那么可能一个新的文学流派或者新的文学运动就出现了。同样的，在某一个时段里，即便物理时间很长，如果你对世界的看法没什么变化，那么文学的状态也不会发生大的变动。

先锋文学颠覆了传统的写作方式，它对当下文学的贡献是有目共睹的。写作方式的改变也体现在言说方式的改变上，先锋之后，叙事语言发生了真正的变化。

三、如何面对先锋

像我这一代，很多人都是先锋文学喂大的，在二十世纪八十年代，我的书架上摆满了卡夫卡、普鲁斯特、乔伊斯、加缪、福克纳、博尔赫斯……

三十年过去了，先锋文学在中国好像也消失很久了，有人干脆宣布它死了。但是，我以为它并没有死，至少在一小部分人中间，它已经成了一个文学传统，一个比先锋之前的传统更重要的传统。它存在于我们的精神内部，并影响着我们的写作方向，先锋文学打开了人的内部和形而上空间，肯定不是眼下流行的写作可以比拟的。

但是，先锋文学确实是一个有问题的传统。如果把卡夫卡算作一个鼻祖，那么，先锋文学的问题在《城堡》里，几乎就全部出现了。《城堡》被誉为卡夫卡的代表作、二十世纪西方四大经典之一，因此，我耐心读了两遍，一次在八十年代，一次在九十年代。读完第二遍，我就开始疑惑了，《城堡》作为一个象征，是有无穷无尽的阐释可能。可是，《城堡》的叙事基本上是失败的，卡夫卡只在第一章保持了他应有的水准，后面就越来越拙劣，很多地方，简直就是在乱写，以至不断出现一个人长达数十页的讲话。这是小说吗？这是经典吗？卡夫卡写作《城堡》，似乎毫无准备，而且轻率，他取消了小说的两个基本元素，故事和人物，问题可能恰好也就来源于此。故事和人物，作为常见的叙事动力，若是没有有效的替代物，不是轻易可以取消的，尤其是在长篇小说中，是很危险的。卡夫卡是取消了故事和人物，可他的叙事动力在哪儿呢？所以，越到后面，他越不知道怎么写了，他只有一个象征，这个象征虽然巨大，却没有足够的动力驱使他继续前行，最终，《城堡》的写作没有完成，或者说无法完成，也就理所当然了。

再说另一部先锋经典《尤利西斯》。这部小说无疑是文学史上的奇迹，阅读几乎是不可能的，不过，没关系，你只要购买一套供奉在书架上，然后定期拭一下蒙在上面的灰尘，你也就算得上是精神贵族了。但是，我确实读过一点《尤利西斯》，还参加过《尤利西斯》的研讨课。它的故事不算复杂，只是乔伊斯采用了一种空前的手段，叫作"时空切割"，企图在线性的语言里做到在同一时间再现不同空间的不同人物。此种手段针对语言艺术，显然是疯狂的、不可能的。不过，后来的电视倒轻而易举做到了，电视屏幕可以随便切割成九块、十六块或二十四块，同时再现九个、十六个或更多的频道。这是一项简单的技术，这项技术用在小说上，却是把小说彻底粉碎了，《尤利西斯》也就成了天书。最近，乔伊斯的另一部天书《芬尼根的守灵夜》也出版了，还获了《钱江晚报》设的一个什么翻译奖，有兴趣的可以去翻翻，看看是否能读到第二页。

我在北大进修时，参加过《尤利西斯》研讨课，记得在研讨课上，似乎没人敢对《尤利西斯》发言，大家的表情不同程度地都有点白痴。事实上，所谓研讨课，在发言的只是教授一人。后来，我和教授成了朋友，我们又研讨起《尤利西斯》来，我老实说，《尤利西斯》我根本没看完。教授高兴说，是啊，是啊，老实说，我也没看完。教授的回答很是出乎我的意料，我说，不会吧。教授说，就是这样，我估计，全世界真看完《尤利西斯》的读者不会超过一百个。我说，可是，你没看完，却阐释得那么好。教授笑笑说，这就对了，《尤利西斯》就是专门为我们这些文学教授写的，拿它当教材再好不过了，反正学生不会去看，我可以随便说，即使有学生看了，也一头雾水，我还是可以随便说，而且显得高深莫测，很有水平。

教授这样说，有点开玩笑的意思，不过，他跟我一样，根本没有看完《尤利西斯》也有可能是真的。问题就出在《尤利西斯》本身。《尤利西斯》和读者的关系，是很有意思的一种关系，全世界的人都在为《尤利西斯》叫好，可全世界确乎没有几个人读过，也就是说人们的评价并非来自直接的阅读经验，而是来自某种权威的阐释。读者面对《尤利西斯》，自己的阅读经验完全被排除了，读者只是被告知，这是一部伟大的小说，如果你读不下去，那不是小说的问题，而是你的智商有问题。《尤利西斯》事实上是取消了阅读，甚至取消了读者，读者在其中充当的只是傻瓜的角色。乔伊斯说，我在《尤利西斯》里设置了那么多的迷津，我就是要让谁也不懂，它将迫使几个世纪的教授学者们争论不休……这就是确保不朽的唯一途径。事实确实如此。

取消了阅读之后，先锋文学的文学标准也被确立出来，那就是不好看的标准。我不知道这个标准是经过什么程序被确立的，反正不好看肯定就是一个文学标准。有相当长一段时间，若是有人告诉你，你的小说好看，千万不要以为他是赞扬你，他往往是带着嘲弄的表情。紧接着他还要告诉你，你的小说好看是好看，但是……说到后面，好看一般总是小说的通病。唉，你为什么就不能把小说写得不好看呢？

其实，好看不好看成为一个问题，好像也只是二十世纪的事情，在此之前，并不成为问题，至少不是争论的焦点。照理，好小说就应该是好看的，当然了，好小说不仅仅是好看，但好看起码应该是好小说的一个起点。这总比把不好看作为小说的标准要正常一些。

因为读者的缺席，二十世纪各种各样的文学理论就层出不穷了，这个世纪的文学理论远远大于文学创作，史家因此称这个世纪为文学理论的世纪。一种文学，一般是先有一种理论、一个宣言，然后才跟着创作。各种理论不停地在争斗，不断宣布对方过时了。先锋作家们的最大成就似乎不是创作本身，而是证明某种文学理论的正确性。

二十世纪，就是这么一个世纪，我们还是回到卡夫卡的《城堡》。卡夫卡取消人物和故事，可能是无意识的，尝试一次也是无妨的。但是，后来把取消人物和故事，作为先锋文学的另一个标准，而且是最重要的一项标准，似乎就有点不可理喻了。先锋小说取消故事和人物，并没有什么内在逻辑和必然性。我看主要还是想革命。现在看，先锋和传统不必是对抗性的，你死我活的，它们完全可以是共生的，可以同时继承的。先锋文学好像是文学史上的一次疯狂，有明显的精神分裂症状，并有严重的俄狄浦斯情结，企图摧毁历史。不过，疯狂一次也好，它使我们明白，什么是可为的，什么是不可为的。

刚才这个问题，其实已经解决了，因为先锋文学已经不存在了，我提这个问题，只是从反面证明故事的重要性。现在的情形是不仅在文学领域，故事在其他领域也越来越重要。连不少电视广告都采用了故事的形式，做着小说家的叙事行为。据说，讲故事的人将是二十一世纪最有价值的人，这个结论是美国的《未来学家》杂志在一九九六年发布的，所有专业人员（包括记者、教师、广告人、企业家、政客、运动员和宗教领袖）的评价标准都是：他们编故事的能力。二十一世纪将是一个虚构的世纪。

现在是二十一世纪了，故事在二十一世纪是否如此重要，我不知道。但是拒绝故事确实风险很大，拒绝故事和人物，可能也就拒绝了想象力，所以，还是回到故事和人物吧。先锋小说也是可以有故事的，有人物的。故事和人物，作为先锋小说的叙事动力依然有效。典型环境中的典型人物，也不影响先锋的。说到底先锋是一种精神，而非某种技术。

四、后先锋

后现代，在中国很有意思。二十世纪九十年代初，后现代理论很热闹，但后现代的作家是没有的，即便在西方，好像也没有找到，于是就把原先的现代派作家划给了后现代，譬如，博尔赫斯、卡尔维诺、马尔克斯、罗布－格里耶，等等。现代和后现代的理论是不一样的，现代是深度模式、历史意识、民族寓言、主体性、距离感、理性等；后现代是平面感、断裂感、零散化、机械复制、非理性、戏仿、恶搞等。后现代刚好走到了现代的反面，这些好像是美国的杰姆逊概括出来的，并且是被世界认同的。

照此说法，博尔赫斯、卡尔维诺、马尔克斯、罗布－格里耶恐怕都不是后现代作家。譬如马尔克斯，他的《百年孤独》纯粹是用理性建构出来的，它的人物、故事都是用理性设置起来的，就像一部巨型机器，各个部分是组合的，也是可以拆解的，拆到最后就是一个主题：人类的命运史，从伊甸园到人类末日。历史意识、人类寓言，这是一部标准的现代作品。

那么，还有后现代作家吗？大约是没有。

后现代，在西方是从二十世纪六十年代开始的，一批学者从各个方面对现代性进行质疑，譬如福柯对历史的质疑，德里达对语言的质疑，拉康对自我的质疑。拉康说，根本就没有自我，自我是虚构的。还不仅仅自我是虚构的，利奥塔尔在《后现代状况》里说，其实历史、语言、科学、宗教等也是虚构的，这一切，只不过都是叙事，叙事之外，一无所有。也就是说，我们人类，不过是活在一场宏大的虚构里面。这样，西方文明用了五百年建构起来的文化大厦蓦然间就倒塌了，一切归于虚无。

这样，我们就进入了一个空虚时代。有个法国人果然写了一本《空虚时代》，这个人叫吉尔·利波维茨基。他说，这个时代，是那喀索斯时代，上帝死了之后，大家都很高兴，都不在乎，这个时代的人大抵是这样的：自恋、空虚、冷漠，身体是经过千锤百炼的，诱惑和幽默是没完没了的，虚无是无始也无终的。但这并不是末世，在虚无的远景里浮现的并非是自动毁灭，也不是彻底绝望，而是一种越来越流行的大众病理学，抑郁、腻烦、颓废，等等。每个人都是那喀索斯，都在寻找着自我，"我"成了所有关注和阐释的目标，可是，"我"是个什么东西呢？对"我"越是关注，"我"就越发不确定，并有越来越多的疑问，渐渐地，"我"开始模糊、漂移、游离、分裂、崩溃，"我"终于遭到了我的清算，我成了"我"的陌生人。

在利波维茨基看来，这是正在进行着的一场革命，个人主义的二次革命。

后现代，好像就是福柯、德里达、拉康、利奥塔尔这几个法国人捣鼓出来的，不管怎么说，这情形并不坏。后现代是把一切都推倒了，解构了，假定自我就是虚构的，那么，我们终究还会虚构出另一个自我来。而在我们自己的传统里面，向来就是主张无我的，或许这也是后现代的一个目标。后现代要做的肯定不只是平面感、断裂感、零散化这些东西，且不管这些，单是这虚构和解构之间，多有意思啊，多少小说家可以在其中折腾啊，拉康无意中似乎又打开了文学的另一扇大门。

我再强调一下我个人对后现代的理解，我觉得后现代不只是平面感、断裂感、零散化、机械复制、非理性、戏仿、恶搞，等等，后现代和现代其实是一个整体，现代文学是寻找自我的一种文学，而后现代则是自我崩溃。自我崩溃的文学就是后现代文学。如果按照这样的定义去寻找，无论在中国还是世界范围内，这种文学可能才刚刚开始，大家努力吧。

五、我们的道路

其实，先锋文学很难继承，它的难度太大了，最后，我介绍两个成功地继承了先锋文学并且成功地改造了先锋文学的作家。

1. 图森

图森被评论界称为极简主义，他继承的是新小说。图森是比利时人，比利时是法语区，图森在巴黎生活，被认为是新小说之后最重要的法国作家之一。图森的作品不多，至今也就三本书，一本叫《浴室·先生·照相机》，是三个中篇小说集，另一本叫《犹豫·电视·自画像》，也是三个中篇，第三本叫《逃跑·做爱》。图森继承了法国文学的两个传统，一个是加缪的局外人传统，他的《浴室》里的人物，好像就是加缪的局外人跑进浴室里躲了起来，另一个传统就是新小说，他的语言很有质感，对日常生活的描写几乎可以触摸。

《浴室》和《做爱》是图森最好的两个小说，其他的跟《浴室》基本一致，但没有《浴室》好。《浴室》是第一人称叙述，一开始"我"就躺在浴室里，无所事事，胡思乱想，过着一种平静的抽象生活，"我"并不知道"我"为什么整天躺在浴室里，没有什么理由。"我"经常几个小时地观察浴室里的一条裂缝，毫无结果地想发现这条裂缝的进展。有时，"我"又试图获得其他的经验，"我"在一面小镜子里盯住自己的脸，同时盯住手表上移动的指针，但"我"的脸上毫无表情，从来就是毫无表情。

这个没有名字的只以"我"命名的人物，突然出走了，没有通知任何人，也没有带任何东西，他从巴黎到了威尼斯。他在巴黎有个女朋友，女朋友对他很好，第二天，他告诉女朋友，他在威尼斯。他们天天通电话，女朋友弄不懂他为什么不回巴黎，当她问这个问题，他也不知道为什么，只是大声地重复她的话，为什么我不回巴黎？他的女朋友说，能否给我一个说得出来的理由？他说，不，没有。

这就是图森小说的人物，他的人物不管行动还是不行动，似乎都只有一种解释，那就是因为无聊。他的人物被无聊感所困扰，只有坐在浴室里舒舒服服地等死。这也是我们的生活，我觉得我们的生活和图森的小说具有某种同构关系，这不是巧合，也不是模仿，这说明图森在处理一个具有普遍性的主题。这个世界，既没有那么痛苦，也没有那么荒谬，但确实无聊。

图森算不上一个大作家，但确实是新小说之后的一个重要作家。小说写到新小说那儿，文本内部的实验几乎已经被穷尽，先锋作家们快要迷路了，我觉得图森的重要性在于他找到了一个出口，小说不再在文本内部试验，他又回到了人物，回到了关注人类存在的困境上。也就是现代派和传统的融合。

2. 雷蒙·费德曼

雷蒙·费德曼继承的是意识流小说，代表作是《华盛顿广场一笑》。《华盛顿广场一笑》有个副标题：说是又不是的爱情故事。一个二十三岁的屌丝青年和一个三十岁的女作家，假定他们在华盛顿广场相遇，相视一笑，然后展开他们之间的各种可能性。我说假定，是因为这部小说完全是在虚拟和想象中进行的，它是这样开头的：

> 穆瓦诺和苏塞特的故事，他们的爱情故事，应该说一说。其希望之强烈，其可想而知的失望之忧怨，应该说一说。不是如此，便是那般。他们最初在纽约相遇，是在三月的一个下午。也许是在二月。没什么非同寻常。几乎是相识了，彼此在同一地点，同一时辰，然而那一天他们并没有说话。没有。他们相视一笑，仅此而已。那是匆匆的会意的一笑，似乎他们知道，他们命中注定日后会再相见的。

不是如此，便是那般。是在三月，也许是在二月。就是说情节、时间这类在传统爱情故事里确定的东西，在《华盛顿广场一笑》里都是可以随便设置的。大概就是它的这种虚拟性，《华盛顿广场一笑》被认为是后现代的一个经典之作。

　　在这儿，我不想再探讨后现代，我想说的是《华盛顿广场一笑》解决了先锋文学的一大难题，好看。它甚至比传统的爱情故事更好看、有趣，它的感受力和丰富性也超过了传统的爱情故事。它好看的秘诀好像也蛮简单，就是莫言说的后撤，貌似回到传统，费德曼真正把意识流个性化了，故事化了。

　　意识流小说从伍尔夫开始，然后乔伊斯、普鲁斯特、福克纳，在二十世纪蔚为大观，晦涩难读是他们的共同特征。大概也是因为它的晦涩难读，福克纳之后，意识流就慢慢衰落了。《华盛顿广场一笑》发表于一九八五年，费德曼让人发现原来意识流小说还可以这么好看的。

　　最后，我们总结一下，面对先锋，后撤可能是明智的一步，因为先锋实在是走得太远了，但后撤也未必像一些作家那样，撤到平庸得让人无话可说的地步，图森和费德曼证明了后撤可以做得比先锋更好。

因为语言性感

我不是随便写下这个题目的，在写下这个题目之前，这句话我已经说过很多遍了。最近的一次是在网上，在一个叫"新小说论坛"的网站，那儿聚集了一群年轻的作家，每逢周末，便拟一个议题，胡山胡海地胡侃。被称作"斑竹"的主持人问，你为什么写作？我说，因为语言性感。啊哈，是吗？你的说法很有意思。斑竹显然不相信我说的是真话，她以为我在搞笑。可是，我是认真的。这几乎就是我写小说的全部秘密。

我虽然写小说已有好些年了，老实说，我并不知道小说是什么。小说究竟是什么？其实我也不太关心，管它呢。重要的是写作的过程要有快感。对我而言，写作确实也是不乏快感的。我以为一次写作跟一次爱情有点类似。开始是一种冲动，但这冲动是混沌的、没有方向的、茫然的，等到有了明确的对象，心里是蠢蠢欲动的、躁动不安的，接着焦虑来了，痛苦也来了，我只是想写，可我跟她却还是陌生的，我不知道从哪儿开始，才能进入她的世界。这个过程有时是相当漫长的。终于，第一句话在稿纸上出现了，这很重要，就像跟女人的第一次接吻。第一句是很艰难的，也是激动人心的，写第一句的手是紧张的，甚至可能紧张而颤抖。有了第一行，谢天谢地，就可以跟着语感往下发展了。尽管其间还有不少纠缠，但总有梦想和希望伴随着，那种感觉是充盈的，幸福的。

就像白天不适合恋爱，我从来不在白天写作，我相信许多作家选择夜晚写作，也是基于同样的原因。白天我只想睡觉，直至把白天睡黑，桌上的台灯亮了，台灯在巨大的黑暗之中，有了点儿梦幻的意思。这时，写作应该开始了，我使用的还是笔和稿纸，虽然我天天上网，但我就是拒绝使用电脑写作，我觉得键盘敲出来的字无法触摸，跟我没有关系。只有笔和稿纸，才能让我和语言保持最直接最亲密的接触，当语言从笔端一笔一画落在稿纸上，是很令人兴奋的。写什么是不重要的，怎么写也是不重要的，重要的是写，语言完全激发了我的欲望，就像在抚摸一个女人，我要写、写、写……不写简直是不可能的了。高潮之后，平静了，松弛了，可以靠在椅子靠背上休息了，抽烟，喝茶，半闭着眼睛闲适地体验写作所带来的快感，那快感真有点妙不可言。我经常就会陷入那种感觉里，忘了继续写作，以至我的写作速度总是非常缓慢。

我这样说是否有点意淫的嫌疑？我想肯定是的，我一点儿也不忌讳写作就是意淫。写作和性有关系，自从弗洛伊德之后，似乎已是一个不争的事实。性的大部分欲望又是像罪犯一样被禁闭在潜意识里的，整个潜意识无非也就是性欲。拉康说，潜意识的结构是语言。我想，这就对了，我也从理论上明白为什么语言是性感的了。

语言和性有关系，大约是没有什么问题的。但我不知道它们是怎样纠缠在一起的。这是一个未知的领域，一定很有意思。语言被称作我们的精神家园，性大概也可算是身体的家园。语言和性都是我想要的。它们在本质上也许是一样的，它们都有自我虚构的能力，性制造出了一种叫作爱情的东西，那是一个令人神往的乌托邦，语言乌托邦则重建了整个世界。语言恐怕不仅仅是潜意识的结构，同时也是意识的结构、生活的结构、现实的结构。人就活在语言之中，语言之外，一无所有。

据说现在是个图像时代，语言快要不行了，建立在语言上面的诸如小说之类的玩意儿快要灭亡了。这种说法，我是不相信的，理由很简单，就是因为语言是性感的。

猫　　说

　　民间传说猫是老虎的师父。老虎是百兽之王，那么猫应该就是帝王师了。相当于张良、孔明、刘基一类的人物。

　　我一直不太喜欢猫，也不懂民间传说为什么把猫在动物界的地位抬得那么高。后来，有一天我似乎忽然明白了，猫吃老鼠，从来不是马上吃掉的，而是戏耍之，把玩之，猫具有一种与生俱来的艺术天赋、一种冷嘲热讽的游戏精神。猫的这种戏耍把玩的态度，完全摆脱了胃的控制，使充满暴力的进食过程，上升为戏剧性的一次审美活动。这在动物界确乎是独一无二的，猫确实比老虎高明。

　　我说的当然是一个隐喻了，我真正想说的是，猫的游戏精神就是小说家的精神，有一种小说家就是猫。譬如鲁迅先生，鲁迅先生和世界的关系就是猫和老鼠的关系。也是一种戏耍把玩的态度，一种冷嘲热讽的游戏精神。他的《孔乙己》《阿Q正传》《故事新编》莫不如此。猫的叙事是冷酷的、残忍的，同时也是愉快的、审美的，猫的脸上总是混合着既像笑又像哭、既不像笑又不像哭的那种表情，大约就是果戈理所谓的"含泪的微笑"。猫的这种游戏精神，面对现实很可能是遭人厌的，而一旦在虚构的小说世界里展现出来，却是伟大的。它赋予了小说从容、幽默、智慧、深刻、冷漠、凶恶等品质，小说因此在轻与重、快与慢、灵与肉、生与死、丑陋与优美、形而下与形而上之间，挥洒自如。

有一种小说家生来就是猫，猫自然是天才。猫的游戏精神无疑是小说史上最重要的精神资源，起码也是最重要的精神资源之一吧。这样的作家，除了鲁迅，在我的印象中，还有钱钟书、斯威夫特，还有博尔赫斯，好像也是。猫的游戏精神，是可以作为小说的一个标准的。鲁迅先生用他那种戏耍而又冷酷的叙事，解构吃人的历史，钱钟书朝别人吐智慧的唾沫，斯威夫特极其轻蔑地嘲弄人类，博尔赫斯则一本正经地游戏语言。不过，作为小说家的猫，他叙述的可能不是别的，而正是自己，就像鲁迅先生说的，有一游魂，化为长蛇，不以啮人，自啮其身。真正的小说家，我想是在自啮其身的时候，也是那么一种戏耍把玩的态度、那么一种冷嘲热讽的游戏精神。

向伟大的猫学习。

寻找自我的阅读

昨天下午，我刚参加过一个隆重的读书活动，是浙江大学宁波理工学院举办的第五届王应麟读书节暨《人民文学》新人奖颁奖仪式，在理工学院的大礼堂举行。声、光、电，歌、诗、舞，很是热闹，只见舞台上一群帅哥托着一群美女，然后，美女的双手再高举，托着一本书，很厚很重的那种，像商务印书馆印的那种书。

这几天，全国好像都在举办类似的活动，全民阅读、阅读盛典，当然，这是在号召大家阅读，而不是阅读本身。其实，阅读很简单，就是一个人，一本书一本书地读，一点儿也不需要热闹。当阅读被搞得这般热闹的时候，可能已经到了大家都不阅读的时候了。

其实，现在，我已不阅读，顶多是貌似在阅读，也是整天拿着一个手机在看，超过三千字的文章一般不看，获得了大量的跟我毫无关系的垃圾信息，我觉得我的阅读几乎是被粉碎了。这种状况，有点糟糕，我看得越多，越不知道自己是谁。这很可能是一种反阅读，一种自我解构的阅读。

我想，我是应该反思反思了，我想起自己人生的两个阶段，现在和三十年前。三十年前，也就是一九八五年，那时，我刚被分到一个小县城里工作，也没什么事，那时，我唯一的事情就是读书。我确实像个读书的疯子，一天读一本，或者两天一本，我读了鲁迅全集、茅盾文集、巴金九卷本文集、老舍文集、莎士比亚全集、傅雷译的巴尔扎克文集以及果戈理文集，等等。当我在某个深夜读完加缪的《局外人》，我完全被震惊了，我很长时间呆若木鸡，我就是《局外人》里的那个默尔索，我终于知道我为什么那么疯狂地在读书了，我是在寻找自我。我不是鲁迅，不是茅盾，不是老舍，也不是莎士比亚，也不是巴尔扎克，但我确实就是加缪，我觉着《局外人》就是我写的。《局外人》是这样开头的：

今天，妈妈死了。也许是昨天，我不知道。我收到养老院的一封电报，说，"母死。明日葬。专此通知。"这说明不了什么，可能是昨天死的。

这也是我的语调，冷漠，对所有的事物无动于衷，包括母亲的死，我是这个世界的局外人。在此之前，我因为这种荒谬的关系感到不安，读完《局外人》，我就释然了，那一刻，我确定无疑是发现了自我，同时也正式确定了我和世界的关系，虽然，我和世界的关系是荒谬的，但好歹是确立了关系。这种自我论证是重要的，我们活在这个世界上，终归是需要一个理由的，无论这个理由有多么的不堪。多年以后，我写了一部长篇小说《陌生人》，我自己以为的主题是：自我比世界更荒谬。虽然看上去《陌生人》与《局外人》没什么关系，但骨子里也许还是有关系

110

的，这也算是我对加缪的致敬吧。

阅读，不对，价值阅读，如果用格言的句式，是否可以这样总结：我就是阅读，阅读就是我。

我的文学从围棋开始

舒晋瑜：您是从什么时候开始喜欢上围棋的？是自学成才，还是有名师指点？

吴玄：我学棋晚，二十四岁才开始学棋，当时，刚生了个女儿，老婆学过一点围棋，坐月子无聊，就教我下棋消遣。不过，她第二盘就输了，老婆的棋艺大概算不上名师吧，后来也没有名师指点过，一直是下着玩儿，因为贪玩，就比那些勤奋写作的人强那么一点点。

舒晋瑜：刚开始下围棋的时候，是什么状态？着迷吗？

吴玄：非常着迷，而且上瘾，很长一段时间，如果一天不下棋，就受不了，甚至于无法忍受。那个瘾，这世上没什么东西可以比，如果有，我估计只有毒品吧。不过，我没吸过毒，围棋就是我的毒品吧。

舒晋瑜：围棋给您带来了什么？关于围棋，您总结出怎样的经验？

吴玄：二十四岁之后，好像我的人生就被围棋占领了，我的时间多半用在了下棋上，有一个成语叫"玩物丧志"，我就是那个玩物丧志的人。看见围棋，我会忘乎所以，除了围棋，好像这

112

个世界就不存在了。围棋在古代还有另外一个名字，叫"坐隐"，这是否就是坐隐的意思？坐隐似乎是古人追求的一种人生境界，但是，坐久了，隐久了，人也就消失了，没了，人生是空的。我觉着围棋是一件消解欲望解构人生的玩物，这么多年来，好像是我在下棋，我在玩，可是，猛一回头，才发现，其实是围棋在下我，在玩我，我的人生已经快被玩完了。我是否因此就要劝诫大家远离围棋，就像远离毒品那样远离围棋？好像也不能这样说，我的意思只是围棋太有魅力，你小心点儿玩就是了。

舒晋瑜：历朝历代都有喜欢围棋的文化名人，留下了很多有关围棋的名篇佳作，围棋在很多经典著作中也时有出现，您有关于围棋的作品吗？您认为围棋和文学之间有关系吗？如果有，是怎样的关系？

吴玄：我写过一个关于围棋的中篇小说《玄白》，是上个世纪的一九九二年，不像现在，可以足不出户，上网下棋。那时想找个人下棋并不那么容易，手痒了，我就写围棋小说，用虚构来满足棋瘾。这个小说在抽屉里放了八年，直到二〇〇〇年才发表，在当年算是有影响的，几个小说选刊和年度小说选本都选了，我作为一个写小说的，开始被人关注，也算是我的成名作吧。现在想起来好像有点意思，原来我的文学是从围棋开始的。你说围棋和文学有没有关系，就我而言，是有关系，但实际上不一定有关系，得看文化传统。比如西方的文学就没关系，西方有文学，但没有围棋，这证明文学和围棋可以没有关系；但是在东方，特别是中国，围棋和文学就有关系了，围棋的历史似乎比文学的历史还要长，关于围棋的神话和传说都特别文学，譬如"烂柯"。就是说围棋很早就进入文学的视野了，如果把历代关于围

113

棋的文学梳理一遍，大概可以写一本围棋文学史专著。围棋确实是一款永恒的游戏，它抽象，虚幻，是一个永远也说不完的文本。一局棋，从无到有，似乎有道，隐藏着宇宙从诞生到结束的真相，这样的东西实在太适合文人去探究了，而且可以让自己隐遁其中。围棋和文学，对于一个人或者一种文化，看上去是和谐的、共生的，但是，我还是觉着它们其实是相悖相反的，文学是增加欲望的，而围棋，我说过，是消解欲望的。一个人，同时喜欢这两种东西，大概这就是人生吧。

舒晋瑜：回过头来再谈谈您的创作，从《玄白》《西地》开始被文坛关注，您的创作经历了怎样的过程？

吴玄：在我的写作中，《玄白》是一个孤本，这是一个向围棋、向痴与静的状态致敬的作品。在此之前和之后，我都是倾向于先锋写作的，还是用围棋语言来描述吧，我就像那位观棋的樵夫，棋下完了，我下山了，时间太残酷了，我与这个世界整整相差了一千年。现在，所有的东西对我来说，都是陌生的，都是与我无关的，乃至我是否是我，也成了问题。这就是我后来的长篇小说《陌生人》。

舒晋瑜：曾有评论家认为，《西湖》分散了您的创作精力，甚至为您感到遗憾，您觉得呢？如果专职创作，是否能够有更多的佳作问世？

吴玄：办文学刊物，对某些作家，譬如我，可能真的是灾难。办杂志分散的不只是时间和精力，最要命的是它在内部消解你的写作欲望和发表欲望。当编辑久了，很多人都是懒得写的，像《收获》的程永新，我觉着也是这样，他一点儿也不缺小说才能，我看过他的《一个人的文学史》，里面写作家，随便几笔，人物就活了，活灵活现了，那是小说大家才有的能力。

舒晋瑜：您愿意如何评价自己的创作？在您的创作理念中，怎样的作品才是好作品？

吴玄：因为下棋，或者说因为懒，我的作品数量不多，我还是一个未完成的作家吧。待我有更多作品的时候，我再评价自己。我以为有创造性地对文学有贡献的作品才是好作品。就像围棋，现在所有的棋手都在模仿 AI，让人没兴趣看棋，让人怀念武宫正树那样的棋，宇宙流。

废墟上的自我

——吴玄长篇小说《陌生人》对话

娜彧：首先祝贺吴老师的长篇小说《陌生人》好评如潮。我们就从这里开始好不好？

吴玄：好的。好评如潮？好像不是吧。《陌生人》应该是个小众作品，我并不看好它的市场。

娜彧：谦虚还是骄傲？

吴玄：跟谦虚和骄傲没关系，就是这样。目前，仅有的一些评论也是这么认为的，比如傅艳霞在《文艺报》上说，《陌生人》具有成为经典文本被反复阐释的潜质，可是生不逢时，这是一个任何人都不会感觉自己"多余"的时代。叶开在《长篇小说选刊》的评论里也说，在当今这个文学泡沫沉渣泛起的时代，何开来会被湮没直至消失。

娜彧：我们不管这是个怎样的时代，就我所知，这篇小说在《收获》发表以后反响还是很好的，尤其在年轻读者当中似乎更能引起共鸣。我听到过不止一个人说，何开来就是我！您认为何开来就是您吗？

吴玄：我也听过有几个人说，何开来就是他。当然也有人认为何开来写的就是我自己，《陌生人》其实就是自传。可是，既然已经有人认为何开来是他，那就不应该是我自己了吧。

娜彧：我们都是何开来呢？

吴玄：哈，那我当然也是。

娜彧：何开来确实是个典型人物，我们这个时代的典型人物，但他在文学人物谱系中，又是崭新的。我看过北大刊评关于《陌生人》的专题评论，他们认为何开来是中国文学中的陌生形象，您认为呢？

吴玄：也许吧。但陌生人是有文学渊源的，是多余人到局外人到陌生人，这些文学人物演化中的一环，也许是最后的一环。我在序言里说过，多余人是十九世纪批判现实主义的人物，局外人是二十世纪存在主义的人物，陌生人是后现代人物，是对自我也感到陌生的那种人。何开来比多余人更多余，比局外人更局外，他对于他自己也是多余的，他是一座废墟，一座移动的废墟。

娜彧：是的，《陌生人》让人感到相当悲凉的就是价值观的摧毁。一切我们以为很有价值的比如理想、责任、爱情统统远去，最后，连新生命都不能使人感到希望。这种"无价值论"的观点对于传统价值观的破坏是触目惊心的。那么，我们是不是就可以不谈这篇小说价值在哪里呢？

吴玄：我没听懂。什么意思？

娜彧：我表达上可能有问题，我是说这种去意义、削平价值的写作，它本身的意义和价值在哪里？

吴玄：去意义？削平价值？好像也没有，我只是拒绝大家公认的价值和意义，把它放到括号里面，我真不知道什么是价值，什么是意义。我想呈现的恰好是人的无价值、无意义。

娜彧：我突然想起萨特的最后一个剧本，叫《阿尔托纳的隐居者》，这里面的主人公不肯面对现实，将自己封闭在一个房间里，虚拟以前他接受的价值观和意义。他不肯出来是因为那些他曾经认为值得用生命去交换的价值通过"二战"以后，全部都变成罪恶。您看过这个剧本吗？是不是和《陌生人》有点关系？

吴玄：没看过。但是这个剧本好像很有意思。

娜彧：还有一个问题，这是个文学问题，也是您独有的问题。我看过您在北大的演讲稿《无聊和猫的游戏精神》，您演讲中所阐述的"无聊"就是《陌生人》中的何开来的"存在的困境"，而且，这种无聊衍生出对现实的陌生感和荒诞感，已经上升到了文学的形而上，作为后现代文学的主要情绪跟古典、浪漫以及现代主义相提并论。那么，请您详细谈谈您的"无聊"和"存在的困境"。

吴玄：嗯，我所理解的文学，大体上就是两种，一种是没吃饱的文学，还有一种就是吃饱了撑的的文学。没吃饱的文学，就是关于胃的文学，关于生存的文学，现实主义文学；吃饱了撑的的文学，自然是现代和后现代文学了。这儿，我们只谈后现代好吧，我以为，无聊就是存在的基本困境，就是后现代的关键词。我所说的无聊，是指零意义的生活状态，不是日常用语里的那种无聊。现在，我或者说我们，就是吃饱了撑的活在无聊的状态里面，当然，这并不是我们愿意的，我们更愿意活在有意义的状态里面，对吧。可是，到了现在，意义已经统统被解构了，我们除了面对无聊，还有什么呢？

在此之前，生活是有意义的，文学也是有意义的，比如古典主义、浪漫主义和现代主义，古典主义追寻的是美，浪漫主义追寻的是激情，现代主义追寻的可能更复杂一些，主要的大概是自我，然后就是所谓的后现代了。我们处在一个文化思潮的末端，这个思潮从文艺复兴开始，直到现在，简单地说，这个思潮就是自我不断建构的一个过程。到了现代主义，人对自我的建构已经完成了，或许是过分地完成了，就像当下的股市泡沫、房市泡沫，于是后现代就来了。后现代是对以前的一次反动，从各个方面进行质疑，比如福柯对历史的质疑，德里达对语言的质疑，拉康对自我的质疑。拉康说，根本就没有自我，自我是虚构的。还不仅仅自我是虚构的，利奥塔尔在《后现代状况》里总结了，其实历史、语言、科学、宗教等也是虚构的，这一切，只不过都是叙事，叙事之外，一无所有。也就是说，我们人，不过是活在一场宏大的虚构里面。这样，我们的文化大厦蓦然间就倒塌了，这是不是也很像股市房市的突然崩盘？

现在，我们是站在我们自己的精神废墟上面，《陌生人》试图写的就是这个废墟上面的自我，套用叶开的话，就是不存在的自我。

娜彧：那么，照您这么说，后现代是一场灾难？

吴玄：也不一定，就像我们人造了一架机器，又把它拆开来看看，仅此而已。

娜彧：但是，拆开来看了，还是不懂，还是陌生？

吴玄：是的，还可能自我崩溃。

娜彧：您的这种思想，我发现不只是在《陌生人》里存在，早在您的《像我一样没用》《谁的身体》等作品中就有出现。

吴玄：是的，《谁的身体》写的是对身体的陌生感，《像我一样没用》里的丁小可也有点像何开来，算是《陌生人》的预演吧。

娜彧：最近一个朋友告诉我，读完了吴玄的《谁的身体》，感到震撼、难过。这篇小说已经六七年了吧，我读它好像是二〇〇二年，我记得当时我在南大图书馆，我一边看一边笑，又不能出声。

吴玄：啊，有那么好笑？

娜彧：您听我说，我看完以后翻过来看作者名字，吴玄。然后我回宿舍的路上在电话亭给一个朋友打了个电话，充满激情地从头到尾叙述了这个故事。大概从那时候开始我就是吴老师小说的忠实读者了。

吴玄：谢谢，很荣幸有你这么一个读者。

娜彧：我想说这一部作品给我和我的朋友虽然是不同的感觉，而且六七年之后依然给读者以强烈的冲击力，说明了它的生命力。私下里我想请您谈谈这部作品的构思和创作冲动或者一些小说后面的故事。

吴玄：《谁的身体》的创作冲动和《陌生人》是一样的，就是探究自我。文学自现代派以来，一直都在探究自我，到现在，除了探究自我，好像也没什么可探究的了，别的都让以前的作家们探究过一遍了，但自我还是一个有待发现的、混沌的、黑暗的空间。我对自我有强烈的陌生感，我先是写身体的陌生感，然后是写所谓的灵魂，灵魂的陌生感。总之，自我是陌生的，这种陌生感迫使我去写作。

娜彧：我再问一个问题，我注意到吴老师文本中的性，不管是《陌生人》还是《谁的身体》，性都是以被拒绝的尴尬的面目出现的，这跟当下的性的欲望化写作很不一样。是不是在吴老师眼里，性更多的还是灵魂的悸动？

吴玄：好像有谁说过，性就是自我。我是把性作为自我的一个符号来处理的。

娜彧：嗯，性在您的文本中，最后是从身体中游离了出来，失去了归属。我觉得这是文本深刻的地方，深刻得让人有些不安。就像《陌生人》中的李少白，不知道何开来究竟是怎么回事。

吴玄：性、自我这些东西，大概就是让人不安的。

娜彧：最后，我随便问问，我发觉您的作品并不多，尤其是近几年，在《陌生人》出来之前，可能有不少读者以为您不再写了。所以，请允许我代表您的粉丝问一句：您是不是还会将小说写下去？

吴玄：是的，但我依然会写得很少，在这个时代，花两三年时间去写一个十来万字的小说，很多人可能会觉得不正常，但我无所谓，我相信一本书主义，我觉得一个作家一辈子写一本书就差不多了，我不懂干吗要写那么多，虽然现在打字很方便，但节约文字，还是一种美德。

与陌生人对话

闫文盛：让我们先从《陌生人》谈起吧。据我了解，这是你迄今为止第一部长篇。在这部仅仅十万字的小说中，你创造了陌生人何开来这一文学形象。冒昧地问一句，写这样的小说，你有进入文学史的考虑吗？

吴玄：一开始就这样问，蛮尴尬的，如果我回答有进入文学史的考虑，人家一定以为我有毛病。你看，我有毛病吗？不过，写作，有一个文学史背景并不是坏事。

闫文盛：不好意思，之所以会这样提问，是因为我发现你在《陌生人》自序中说过这样的话——"我写的这个陌生人——何开来，可能很容易让人想起俄国的多余人和加缪的局外人。是的，是有点像，但陌生人并不就是多余人，也不是局外人。多余人是十九世纪批判现实主义的人物，是社会人物，多余人面对的是社会，他们和社会是一种对峙的关系，多余人是有理想的，内心是愤怒的；局外人是二十世纪存在主义的人物，是哲学人物，局外人面对的是世界，而世界是荒谬的，局外人是绝望的，内心是冷漠的；陌生人，也是冷漠绝望的，开始可能就是多余人，然后是局外人，这个社会确实是不能容忍的，这个世界确实是荒谬的，不过，如果仅仅到此为止，还不算是陌生人，陌生人是对自我感到陌生的那种人。"我想，按照常理，作家应该是以作品说话的，当初为什么会想到由自己去诠释和引导读者的阅读？

吴玄：这个事情是这样的，自序和《陌生人》的写作并不同步，写自序时《陌生人》已经在《收获》上发表了。当时，《收获》的钟红明女士打电话来，说要推广《陌生人》，叫我提供几个关键词，我刚看完一本叫《空虚时代》的书，我觉着这书就像是专门写来阐释《陌生人》的。我在电话中说了，钟红明说，对，就是这种感觉，我记不住，你写几句传给我行不？我写了一段，不过瘾，又写了一段，我觉着写得蛮好的，后来《陌生人》出版就把它当序言了。

闫文盛：《陌生人》似乎带着理念先行的特征，你写作的时候想过这个问题吗？

吴玄：这个问题还是由自序引起的，如果没有这个自序，读者直接读《陌生人》，我想，就不会有理念先行之感，甚至不会觉着《陌生人》还有什么理念。事实上，我以为《陌生人》是个经验主义文本，带着作者的体温，而不是理念。说来说去都怪序言了，序言确实带有引导性，因为最初它是用来推广《陌生人》的，而且效果超过我的想象，在去年的研讨会上，邵燕君说，序言写得太好了，比小说好。浙大的胡志毅说，我不应该当小说家，应该当评论家。听到这样的赞美，只能说，我作为一个小说家太失败了，哈哈。

另外，我想说说理念先行，理念先行似乎是判断一个作品失败的标志，我以为这并不是一个标准。其实所有的写作都是理念先行的，包括我们说话，也是理念先行的，若是没有理念先行，我们不知在说什么，就会错乱得像精神病院里出来的。写作也一样，你想想，若是没有理念，你怎么写？经验主义的写作也是理念先行的，经验是被理念过滤过的，所以，说一个作品理念先行，等于没说。

闫文盛：这部小说刚发表时我读过一回，这次为了做访谈，又带着挑剔的目光重读一遍。我觉得好小说应该是自然而然的，不应该带着刻意。《陌生人》似乎有一个内在的强制性的标准，小说中有一些细节，总感觉有故意向着陌生感靠拢的嫌疑。譬如，你在写何开来获悉父亲去世时的表现，有几句描写——"何开来先是惊愕，接着是沉重，弯了腰不堪重负似的。但他对付沉重向来很有办法，他伸长脖子朝窗外翻了翻白眼，又吐了一口气，好像就把沉重的东西吐完了。他的脸上又恢复了固有的麻木。"这里头"翻白眼"和"吐气"的细节就有表演的特性。不知你是否认同这种看法？

吴玄：我觉得何开来当时的状况，一定会翻白眼和吐气的，你以为他该怎样呢？

闫文盛：读《陌生人》，很容易想到《局外人》。但小说内在的精神，只有在真正深入到文本内部时才能贯通肺腑。从这个意义上讲，我很同意傅艳霞和叶开的说法。傅说，《陌生人》具有成为经典文本被反复阐释的潜质，可是生不逢时，这是一个任何人都不会感觉自己"多余"的时代。叶的说法则是在当今这个文学泡沫沉渣泛起的时代，何开来会被湮没直至消失。邵燕君也说，《陌生人》对于吴玄的意义是，这是他一生最重要的"那本书"。但与此同时，还有人认为小说是未完成的。现在小说出炉已经两年了，你自己对它的评价如何？

吴玄：《陌生人》和《局外人》只是在精神上可以归为一类，《局外人》是部伟大的理念先行之作，而《陌生人》是经验主义的，你别再引诱我自我评价，一个自序已经够受了。

闫文盛：我注意到，你曾经谈到写作中的难度——"每个字的后面都不知道怎么写，无聊或者自我这类东西，都跟风一样，不太容易捕捉的。"你还说过"一个人的写作风格和他的气质紧密相连"之类的话。以此分析，《陌生人》与你本人的气质是一脉相承的吗？

吴玄：是的，也可以说是一次自我表达，当然仅指精神和气质，《陌生人》肯定不是自传。

闫文盛：由《陌生人》谈开去，我发现你的许多中短篇，譬如《同居》《像我一样没用》等，具有一个相似的精神脉络。但这里涉及另外一个问题，你自己建构的小说世界与你自身的生存境况之间，到底是怎样一种关系？是互文的吗？

吴玄：小说世界与自身生存境况真的很难分，譬如写完《陌生人》很长时间，我好像不知不觉地变成了何开来，或者我本来就是何开来，虚构和现实经常是一样的，互文的。

闫文盛：你还有一个中篇小说《方丈》，写古典情怀受到现代性的冲击，等等。这小说似乎很少被谈起，但我认为写得很准确而扎实。这是你早期的作品吧？

吴玄：是的，第一次发表的作品，发在《江南》上。

闫文盛：《你饶了我吧》则又是一个精准的小说。但这两个小说与你的《陌生人》相比，还是有很大不同的。至于《玄白》和《门外少年》，则另有一种禅味，但后来这类作品，你似乎不再写了。我很喜欢《玄白》。是否可以说，这是你早期的精神画像？

吴玄：早期和现在确实完全不同，一个山里的孩子下得山来，混久了，就成了现在这样，回头看看都认不得过去那个人了。

闫文盛：《玄白》和《像我一样没用》都写到了围棋。在前者，围棋是主角；后者则退为道具。可以谈谈你和围棋的关系吗？

吴玄：如果把《玄白》和《像我一样没用》连在一起看，大概可以看见一种精神，一种由围棋携带的所谓道的精神，在我们这个时代是怎样沦落的。我对于围棋，开始就是《玄白》那样，是道的感觉，后来就是《像我一样没用》那样，沦为了自我丧失的象征。我花在围棋上的时间，比干什么都多，玩物丧志吧。最近《围棋天地》杂志还约我写一小篇关于围棋的文章。围棋消解了我大部分欲望，这东西大概确实是载道的，我想写围棋和欲望的负关系，不过，还没写。

闫文盛：有些人说过，似乎有两个吴玄。魏微的一段话，我觉得道出了实质——"两个自己不能统一，常指桑骂槐，这是吴玄的矛盾，我以为，这也是现代中国人的矛盾。一方面，我们受着传统的教育，胸怀某种田园的梦想；另一方面，这时代有很多东西正在毁坏，待我们抓进手里，新的已经变成旧的了。什么都不是我们的，一切都在失去，所以现代中国人的虚无感是有根可寻的，并不像某些人所言，是学西方赶时髦得来的。"我想问的是，你作品中的虚无感是否直接发端于生活？如果是生命中的压力辐射令自己无端焦虑，我觉得这其中被动的成分更浓一些。或者说，这就不是虚无的本意。你以为呢？

吴玄：虚无感，跟生活压力没关系，有生活压力往往产生沉重感，产生现实主义作品。虚无感可能来源于文化吧，好像是拉康发现人只是一种符号，文化符号，符号是需要稳定性的，可是我们这个时代，符号不断地在变来变去，最终符号成了空洞的能指。换一句话就是，我们什么都不是，于是虚无感就来了。

闫文盛：这段时间，我读了能找到的你的全部小说。我觉得你对待小说的态度异常严肃，小说的质量很高，此一点，让人足够佩服。这与对什么事都"无所谓"的吴玄形象有着出入。这是为什么？

吴玄：小说、围棋这类东西，都是游戏，游戏的第一要义就是认真，你看见过有不认真玩游戏的小孩吗？至于生活，不是游戏，所以无所谓。

闫文盛：你在北京漂泊有年，那段岁月在你的作品中留下了印记。据我所知，你做这种选择的时候已经过了而立之年。那时的生活对你有挑战性吗？

吴玄：生活没有挑战，那时我过着不错的生活，可我就是不想过那种没有任何想象力的不错的生活。

闫文盛：你在一篇文章中说起那段生活——"我像是被抛在了荒原上，老实说，我心里感到惶惶不安，而且充满了孤独感。"而在《像我一样没用》中，你这样写——"好像孤独是内心的通行货币，可以买到灵魂需要的东西。"这话颇有意味。类似的比喻在你的作品中还有一些。但整体来说，你的小说语言是直接而朴素的，不耍花腔。这是因为以前涉足先锋，后来有意反其道为之吗？

吴玄：先锋也是朴实的，先锋不是耍花腔，先锋是一种精神。

闫文盛：你的几个小说都触探到了时代的一些本质，譬如《虚构的时代》《同居》等，而《陌生人》，则是你种种体验的集成。我想，好的小说家身体中都有一条冬眠的蛇，它苏醒的时日应该与作者内心的顿悟时刻深深契合。如果确乎如此，你身体中的那条蛇是什么时候开始苏醒的？

吴玄：这个比喻很有意思，我先看看我身体里有没有这么一条蛇，这条蛇恐怕不是每个作家都有，只有好作家才有。

闫文盛：你心目中好小说的标准是什么？

吴玄：小说跟人一样，好的小说是活的，是活人；差的小说是死的，是死人。

闫文盛：你是怎么平衡写作与生存的关系的？你的好几篇小说中都出现了作家形象，如《读书去吧》《方丈》等。

吴玄：这个没法平衡，写作会不断缩小你的生存空间。

闫文盛：可以谈谈你现在的生活吗？写作在其中占多大比例？

吴玄：我花了几年时间，成功地把自己变成了一个小市民，日常谈谈股票和房价，一天就完了，没有写作。

闫文盛：目前在写什么？《陌生人》会对下一步的写作形成制约和新的难度吗？

吴玄：我又有点不想过这种生活了，又有点想写作了，明年要写点儿东西的，先写一个跟《陌生人》无关的东西，再写一个跟《陌生人》有关的东西。

你给了小说一个重要的关键词

——与吴玄对话

姜广平：你与很多温州人的选择不一样啊！他们都做生意，你偏要选择文学，选择做"京漂"，做一个文学杂志。为什么要做这样的选择呢？

吴玄：外人只知道温州人做生意，大部分温州人确实都在做生意，但温州并不是一个文化沙漠。温州有不少的写作者，温州的写作群体水准还是很高的，比如马叙、钟求是、程绍国、王手，我和他们的区别只是他们待在本地，而我选择做了"京漂"。本来离开温州到北京读书、做事，也是一件很正常的事。这种人，在任何一个地方、任何一个时代都是很多的，譬如二三十年代的沈从文，只是当时的沈从文不需要被特别命名。而到了我们的时代，我们这种人就需要被特别命名了，我们被命名为"京漂"，只能在北京漂着，于是生存变得格外困难。

姜广平：你说的这一点很有意思。现在是一个特别需要命名的时代。好像一命名了，很多问题便都可以解决似的。其实，不是这么回事，命名了，问题还是那样存在。但另一个角度上讲，现在，很多作家的生存是有另一形态的问题的，作家的生存如果

129

没有了生存的忧虑，他与现实的接触还会有什么着力点呢？一个没有问题的作家，我觉得他的使命也就结束了。

吴玄：这是个老问题了，好像有生存问题的作家才能写出好作品，在古代，这叫作"文，穷而后工"。一个生存有问题的作家，对生存的苦难也许确实会更敏感一些。但我以为生存有问题，对作家并非是幸事，生存的苦难也可能造成对生存之后的苦难的屏蔽，作家与现实的接触也不一定要以自己的生存问题为前提，一个作家需要关注的不仅仅是生存的苦难，作家应该关注更多的苦难，比如存在的苦难。存在的苦难看上去都是些吃饱了撑的有些形而上的苦难，比如孤独、无聊、虚无，但它确实也是真实的苦难，是人生需要面对的，而且比生存的苦难更广泛。

姜广平：我特别认同你的选择，向下走。人人都选择向上走，为什么不可以有人选择向下走？我觉得这里的体验，或者贴近，是有助于一个人成长为真正的作家的。至少在我个人，我觉得如果不能产生什么体验，便很难具备发现生活的眼睛与角度。

吴玄：你是指我选择做一个"京漂"？也许吧，做一个"京漂"确实更贴近我的内心。

姜广平：魏微讲一个作家的真实状态，是游离、困惑、焦虑。我现在也渐渐有这种感觉，那就是现在的作家们，其实大多数倒不是追求这种状态。现在的作家大多数都非常聪明，与你所选择的，是另一种迥然不同的路数。

吴玄：游离、困惑、焦虑，是一种处境，根本不用追求，自然就这样了。这种状态恐怕不只是面对现实是这样，当你面对自我时，更是这样。

姜广平：说得远了，我们还是回到你的作品吧！先说你的

《谁的身体》这本书吧。这一次阅读你的作品，是从这本书开始的。这本书的封面把我吓了一跳。一个身体，非常暧昧地呈现在你的面前，你无法判断是男性的抑或是女性的。但那迷人的曲线在，让人不敢正视。我甚至在读的时候不敢示人。人可能就是这东西，有时候，既不敢面对丑陋的自己，同样不敢面对美丽的自己。

吴玄：这本书的封面是个商业性的封面，书出来后我才看见是这样，我没什么可说的。

姜广平：不得不承认，现在，文学是一回事，市场又是另一回事。但市场有时候有市场的文化，市场也可能不仅仅是随俗的问题。就这本书而言，它让我想起人的表情，那种尴尬的表情，其实也是人自身不敢面对的。这本书的序言和后记里，其实也都是在说表情。王干的序讲的是我们黯然神伤的表情，你的后记讲的是猫的表情。

吴玄：我说的猫的游戏精神，是指小说家面对现实和自我的一种态度，自嘲、冷嘲、游戏、戏耍，如果要说表情，大概是有表情的。

姜广平：你的说法让我觉得震惊，你说得很有意思，小说家的叙事、游戏、隐喻，竟然能够抵达这种地步，是一种智慧。我不得不承认，在当代诸多作家中，你给小说提炼了一个重要的关键词，那就是小说的表情。

吴玄：小说的表情，这个说法我也觉着很有意思。

姜广平：如果与你讨论小说的表情，我觉得是找对了人。开始阅读你的小说时，我就想为你留着这个话题。但小说的表情是源自内心的。作家的内心所忧虑甚至焦虑的事，则源自自身与外部世界的紧张或疏离。这样看你的小说，并由此看你的行迹，是不是准确呢？至少，你选择"京漂"，我觉得是选择了一种疏离的状态。

吴玄：小说的表情肯定源自内心，这一点你说得是不错的。小说的表情大体也就是小说家的表情吧。"京漂"对我的写作有种内在的影响，在某种程度上，我的小说呈现的就是"京漂"的状态。

姜广平：这类小说可能大多是指诸如《谁的身体》《新同居时代》之类的作品吧！

吴玄："京漂"是一个很恰当的隐喻，"京漂"是悬浮的、莫名的、荒谬的，我和我置身其中的现实是陌生的。这也是我对人生的最基本感受。其实，不论置身何处，我和世界的关系都是一种漂的状态。

姜广平：说及小说的表情，我发现一个问题，一个真正的作家，就小说而言，所要面对的东西其实挺多的。从纯粹的文学理论上讲，这些东西也许是文学理论所不能涵盖也无法表述的。理论这个时候真的非常苍白。

吴玄：小说是活的，一篇有表情的小说肯定是活的，而理论经常做的就是把活的东西弄成死的，这也是没办法的，因为理论是一种研究，而小说首先需要感受。

姜广平：甚至就是我们平常谈得比较多的小说修辞，要让它将小说表情纳入进去，可能也比较困难。虽然小说亦如人，都会有各自的表情，但真要将它特别提炼出来，可能就会麻烦。因为，很多作家忽略了小说的表情，或者，很多小说有其特定的表情却不一定是作家的清醒所致。

吴玄：小说的表情大概不是一种修辞，它是小说内在质地的自然呈现，就像人的表情源于内部情绪，而不是一种化妆。透过表情，可以理解一个人的内心，透过小说的表情，也可以判断一部小说的好坏。我甚至觉着小说的表情可以作为小说判断的一个标准，一部有表情的小说，至少是值得一看不坏的小说，而没有表情的小说，则说明这小说还是死的，肯定没写好。

姜广平：你这样一说，我有点豁然开朗了。一开始，我将小说的表情理解为小说修辞。而事实上，表情恰恰不是化妆。这样说及你的小说，我想起你的后记，你的小说表情也似乎真的就是猫的表情，狡黠而智慧。问题是，为什么很多作家都没能意识到小说必须要有表情呢？

吴玄：把小说写到有表情，大概也不是很容易，在自然界，好像也只有人才有丰富的表情，动物的表情都是很单一的，基本上可以说没有表情。

姜广平：哈哈，你这话有意思了。但愿作家们别太敏感。当然，另一个方面的问题是，面对生活，面对小说文本，我们无论怎么努力，都无法使自己表情生动起来。生活让我们木讷了！当然，这也是一种表情。

吴玄：努力做出来的表情，大概也不太正常吧。

姜广平：关于《玄白》，这题目的意思也就是黑白了。但也可以理解为一个叫吴玄的人在说话，白嘛，古文当中就是说话的意思。也就是你在说话。看来，你从写这篇小说开始就有着某种预谋，想对小说发言，想以小说发言。但可能是，你还真没有想到小说就成了你的命运的象征了。

吴玄：我写《玄白》，没想对小说发言，倒是想对围棋发言，我可以算是一个很专业的业余围棋爱好者，我试图用围棋来表达一种痴迷的忘我的人生状态。

姜广平：你用小说讲像我这样无用，现在小说，说到底也是无用的啊！

吴玄：小说有没有用，这种问题没意思，不谈吧。

姜广平：不过，《玄白》可以说是你给小说的第一个表情，这表情还是一种求道的神情，有一种冲淡之美。无论是刘白还是那个棋癫子，都有着一种难得的大气。可是，没有多久，你这样的表情便没有了。

吴玄：《玄白》的写作是建立在某种精神状态上面，而不是生活上面，是写意的，有种不可重复性，所以只有一篇也是正常的。后来，我的那种精神状态也消失了，我回到了生活层面。

姜广平：当然，我知道，这里的没有多久恐怕至少八年。这篇小说写于一九九二年，二〇〇〇年才出世。这表情也是一憋就是八年啊！

吴玄：确实，《玄白》没有后续之作，可能跟没有及时发表也有关系。

姜广平：《玄白》这一篇是佳构。不过还是可惜了，有阿城的《棋王》在，你这局棋可能当时就抢不到眼球了。

吴玄：一篇小说跟一个人一样，有它自己的命运。

姜广平：不可否认，从《玄白》开局，是一种大气象了。可是为何一改"棋"风，在《西地》里开始从深刻走向有趣？表情的转换是不是与《玄白》苦等八年有关？《西地》写于哪一年？离《玄白》的写作有多长时间？

吴玄：《玄白》这种小说的路子是很狭窄的，不过，关于围棋我还想写个长篇，只是一直不敢动手，有种敬畏吧。转变路子是必须的，《西地》是写于二〇〇〇年，《玄白》的发表使我重新回到了写作上来。

姜广平：这篇小说的城市情结很重，可是却又以乡下的一个村庄命名。这篇小说也写了父子两代的不和谐吧？当然，有意思的是，城与乡，是父亲作为纽带联结着。在乡下，父亲是支书；在城中，父亲做参茸店的老板。这种双重身份的设置，也是挺有意思的。

吴玄：《西地》我的原意是以性的视角进入一个村庄。

姜广平：我一直觉得，像《西地》这样的小说，有一种伦理与道德上的难度与高度。想要逾越它们是非常艰难的。我想问的是，你是如何轻松越过这一道坎儿的？

吴玄：伦理与道德，在写作的时候，并不在我的考虑范围内，所以不存在这道坎儿。

姜广平：可能一遇上性，这类问题也便消解了。《发廊》这一篇小说也面临着同样的问题，只不过主人公由父亲变成了妹妹方圆。这篇小说有点意思，欲望也好，暧昧也好，都是背景，活跃在前台的，则是一种选择。生存的选择，以及这种选择的无法选择，或者说这种选择已经成了一种城市惯性了。

吴玄：《发廊》也是性的视角，我想通过性来展现那个年代中国乡下男女青年的命运，我不知道下一代人将怎样叙述，恐怕很多人都可以这样开头——我的母亲曾经是个妓女。

姜广平：这和道德困境乃至文化困境，势必会使每个中国人陷入不安。你的无用之用，你的性视角的取向，道破了某种社会危机。这话题重了。我们还得围绕你的表情来谈。《发廊》的表情也有点尴尬而暧昧，或者是一种不安。

吴玄：写妓女的小说已经很多，我发觉作家对待妓女，基本上是两种目光，一种是上帝的目光，做悲悯或谴责状；一种是嫖客的目光，做猥狎状。这两种态度我都不喜欢，我愿意以亲情的角度来叙述，所以《发廊》的开头就是"我妹妹……"我一点儿也不歧视妓女，我觉着《发廊》是温暖的，但我确实又是尴尬而不安的，因为我是哥哥。

姜广平：我读到一篇文章《我们为什么读小说？——〈发廊〉与坚硬的必然性》，说吴玄的中篇小说"《发廊》成为我们面临的文学危机的一个标本。小说写了'发廊'，都市生活的此类暧昧处所纠结着人们的欲望和疑惧，已经成为文学中一个趋之若鹜的想象区域……叙述的语调似乎在时时提醒你：对这个女人（他是指方圆）来说，一切都还不错，至少不是最坏，除了这样的命运，她还能怎样？还能指望什么？令人惊异的是，这种语调竟是出自她的哥哥，小说的叙述者就是那位司职'传道授业解惑'的中学教师"。唉，我也是个"传道授业解惑"者，可是面对这篇小说中的亲情视角，这篇文章的作者显然是没有触摸出来。怎么会有这样的价值判断呢？而且，这篇小说还有一个好的品质，语言极其简约，绝不拖泥带水，叙事也非常利落。有一种直入人心的效果。

吴玄：希望是这样。这种时候，我也无话可说，也不知道说什么好。

姜广平：真正能切入文学质地的评论，实在太多了。这也是作家们的悲哀。《门外少年》的表情又似乎一变，变得怀旧，也变得沉迷。看来，童年是所有作家都回避不了的。

吴玄：《西地》《发廊》和《门外少年》的主题都是性，《门外少年》的性是本能的，《西地》的性是权力的，《发廊》的性是商品的，如果你连起来看，就会发现那个叫西地的村子在堕落。故乡就这样堕落了。

姜广平：噢，原来是这样的。我确实是连起来看的，却没有看到这种主题的连续性。看来要理解一个作家是非常不容易的事。你在这里的挖掘显然是意图穷尽性的可能性。这里还有另一个问题，《门外少年》用了"我"的视角，但有时候会让人忘记这一视角。"我"跳出来过，但又跳得不多。这一点会不会影响到文本的断裂？还有这一篇小说有了方言的努力，但为什么没有通篇运用方言？

吴玄：我用了一点元小说叙事，效果怎样我不太清楚。至于方言的运用是下意识的，记忆中带出来的吧。通篇都是方言的小说我是害怕的，比如你用当地的方言写篇小说让我看，我怎么看？

姜广平：我倒是做过这方面的努力。当然，我觉得是有前提的。那是要当地方言跟普通话有着某种一致性。这是语言层面上的问题。我们还是回到你的小说。《虚构的时代》和《谁的身体》等几篇小说，是你的网络视野下的小说。《虚构的时代》里讲章豪第一次收到网上情书，很激动，"但激动的反应已不像十八岁的少年，跑到无人的大自然里，手舞足蹈，以帮助消化爱情。章豪现在激动的反应是坐在电脑面前，放大瞳孔……""放大瞳孔"这一个表情很有意味。

吴玄：人对自身的陌生感，一直是我感兴趣的一个话题。

姜广平：这里的关于身体悬置的情形，差不多跟《西地》与

《发廊》一样。身体都好像是跟自己无关的了，甚至发出了"谁的身体"的疑问。可能这也是父亲与妹妹们轻易地跨越过身体的原因。有意思的是，他们轻松地越过了身体，就意味着其他人无法轻易地越过身体。事实上，《玄白》里也有身体悬置的问题，譬如那个棋癫子在树下下棋，你对身体的关心显然是缺位的。身体何以能够持续存在，身体何以会突然消逝，你都没有关心，故意留白了。

吴玄：你提到的这些小说，我自己觉着还未充分表达"谁的身体"的疑问，我正在写的一个小说，我想表达的还是人对自我的陌生感，我不仅是世界的陌生人，我也是我自己的陌生人。

姜广平：这样一来，我便发现了你在小说中设置了很多悬而未决的问题。譬如《像我一样没用》里，那个丁小可，在老婆孩子眼里是个废物，其实，他是一个有很多问题同时也对世界有着很多问题的人。这些问题可能都是没有任何办法解决的。于是，最后他把自己解决了。

吴玄：是的。

姜广平：这篇小说的表情是无可奈何的，一副没有意思的样子。但这里显然是关于尊严的。尊严何以获得？是不是向下滑翔就不应该获得尊严？这就回到你和我这般生存方式的人自身了。

吴玄：我们还是不要这样拷问吧，最后的结论如果是我们一点儿尊严也没有，怎么办？

姜广平：同样，《都没意思》，也是由一开始的愤激，发展到最后的都没有意思的失落。那个杨扬，也没有意思，但这个没有意思，肯定是杨扬和倪纬的共同感觉，没有意思，这世界没有意思。

吴玄：有位评论家曾告诫我说，你在论证生活没意思，论证生活没意思是很容易的，是没意思的。但我只是觉着没意思，我不是在论证，小说也不是论证。

姜广平：是这样的。就像我曾经在一篇文章中所讲的，人们力图对有些东西证伪，但对生活，对小说，都是无法证伪的。没有意思就是没有意思。《方丈》好像也是写没有意思，不知道我这样理解对不对。这篇小说的题目干净，可是干净的方丈却无所用，最后走到了另一个极端，做了不干净的事。

吴玄：嗯。

姜广平：这篇小说写得有点"咬人"，像最后写到的那种笑一样咬人，却不知道是被谁咬的，又是谁在咬人。

吴玄：是不知道。

姜广平：整体上感觉到，你似乎都是在写毁灭。有价值的东西毁灭了，无价值的也毁灭了。成了一锅粥。就像纷纭世界一样。

吴玄：你这样说，大概也可以。

姜广平：所以，说到这里，我便有点替作家们无奈，旁人都不对这个世界指手画脚，可是作家们多事、多虑、多情，要替这个世界考虑这考虑那的。有时候我在想，作家何为？没有作家又如何？现在这个社会，也差不多是不需要作家的时候了。

吴玄：社会可能确实不需要作家，但总有人需要当作家，有些人不当作家不知道干什么。

姜广平：是啊，你好像在别的地方也讲过类似的话。我总有一个感觉，你的小说，虽然具有着猫的表情，但其实都可能是你自己对自己的误读。戏要把玩、冷嘲热讽，好像并不是你的小说的表情。你引用了贝克特的话，没有什么比悲剧更可笑的了。我总感觉到，你意在消解，但又不在消解。正像孟繁华所说的，对你，还真不知道如何指称归类。你有狡黠与智慧的一面，也有着忧伤内省的时刻。

吴玄：这个不矛盾，一个忧伤内省的人，也可能有一副冷嘲热讽的面孔，当然，这个人不一定是我，小说和作者毕竟不是一回事。

姜广平：不管哪一篇小说，在我读到最后时，好像心情都非常沉重。你在后记里写到的猫的游戏精神赋予了小说从容、幽默、智慧、深刻、冷漠、凶恶等品质，在轻与重、快与慢、灵与肉、生与死、丑陋与优美、形而下与形而上之间，挥洒自如，但似乎更重于像重、慢、灵、死及形而上之间。好像是这些更接近于你的小说的品质。

吴玄：从容、幽默、冷漠、凶恶等说法，应该是我追求的小说品质。

姜广平：有些评论家谈到你时，总喜欢用全球化、现代性来指称，我觉得，像那个《西地》，所点出来的，跟《没有意思》一样，是一个传统得不能再传统的话题——男人心中最重要的是什么？你借倪纬父亲的嘴讲出来了，不外乎是权力与女人。所以，我看《西地》，还是一个传统的话题，我不太相信什么现代性。

吴玄：就文学而言，现代和传统曾经是对抗性的，在西方是这样，在中国的二十世纪八十年代也是这样。但我不认为现代和传统就必然是对抗性的，在小说中它们完全是可以融合的，我希望在现代和传统之间找到一个平衡点。我喜欢《局外人》那样的小说，加缪的叙事跟传统的文本没什么区别，但《局外人》又是存在主义小说的典范。

140

姜广平：当然，你的小说中，现代性的符号是很多的，譬如关于网络的东西，不可否认，是关于现代性的，也是对现代社会的关注。这不可认。

吴玄：现代性是一套价值体系，我觉得有个简单的方法可以给作家分类，就是我们前面提到的生存的苦难和存在的苦难，关注生存苦难的，大体上是传统的，存在的苦难是到了现代才被关注，关注存在的苦难，一般都是现代的。

姜广平：你似乎对自己的写作是否是后现代的或者现代性的挺在意的。你所选择的活法，让你体验到了加缪的关键词，这种陌生化与荒谬感，其实就是现代性的东西。我今天读到阎连科的一篇文章，讲的是现在的作家，整体上可能都已经进入到另一种语境了，已经无法回到过去那种非现代主义时期的修辞环境里了。

吴玄：现代、后现代和传统的语境是有很大的差别，我觉得最大的差别就是对人的态度。在传统的语境中，不管哪种主义，对人还是有信心的，人是确定的，而现代和后现代语境，对人是没有信心的，人是不确定的、可疑的。

姜广平：你自己说说看，你的小说是在哪里？在现代主义这里还是在现实主义那里？

吴玄：我的小说既有现实主义的，也有现代主义的，我不想给自己归类。

姜广平：这又可能说到另一个词语上了，就是南方写作。王干将你归于南方写作一路。不知你对这个所谓的南方写作是什么看法。这个问题，我也跟东西探讨过，我总觉得不得要领。或者说，总觉得这是评论家们懒，这一来的话，不就只有四五种写作吗？东南西北中，五个字，全都搞掂！

吴玄：南方写作可能不太准确，但我不反对南方写作这个说法，我觉得在当下的文学中，确实存在南方写作这种东西。南方写作不是一个地域概念，不是南方人的写作，不能说有南方写作，就有北方写作、东方写作、西方写作。南方写作是继承了西方现代文学后形成的一种文学风格、一种文学气质，当代文学的很多源头，都包含在南方写作当中，甚至可以说，南方写作代表了某种文学方向。

姜广平：好像徐则臣也非常认同这种说法，说你的小说，"语言考究、优雅，不乏欢快的幽默，他说的事都不大，是从心里流出来，率性而轻灵。吴玄和南派作家一样，语言是湿漉漉的，不乏忧伤和叹息……"我觉得这个说法，放在苏童那里肯定是合适的，可是放在你这里，不是太吻合。

吴玄：我们在使用着同一个词，但对南方写作的理解可能不一样。

姜广平：也许是我的理解有着偏差，甚至有着误解。当然更有可能，还没有搞懂。你的中短篇我读得不少了，差不多全读完了。现在，不知道你有没有写作长篇的雄心？你如何看待作家长篇创作上的努力？

吴玄：我也在写一个长篇，但我对长篇小说不太看好，当下的长篇好像唯一的特点就是长，而且比写中短篇更容易，我基本上无法读完一个长篇。

姜广平：说了这许多，其实都是围绕着一个表情说，好像又没有说透。真的不知道该怎么办才好。但我觉得我的判断没有错，在当代文学的发展中，你确实给了小说一个重要的关键词。

幽默是一种智慧

童仝：提到你的时候，我不得不提到艾伟，不仅仅因为你们是特好的朋友，也是因为你们的作品。你觉得自己的作品和艾伟的有什么不同？

吴玄：提我的时候，一定就得提艾伟吗？我们确实是好朋友，而且同龄，但是我们的作品几乎没有什么可比性，因为太不相同，两种完全不同的写作，拿来比较没有意义，总的来说，艾伟理性一些，而我感性一些。

童仝：你现在写作少了很多，是什么原因？

吴玄：也没有少很多，只是我本来就写得不多，主要是写得慢。今年发表的小说有《收获》一个中篇《像我一样没用》，《当代》一个中篇《同居》，另有四个短篇分别发在《山花》《江南》《今天》等刊物上。从量上看，也不算太少。

童仝：你觉得工作的确影响了你的创作吗？

吴玄：我往往只能做一件事情，就我个人来说，工作对写作是有影响的，工作会干扰写作状态，下班以后，精神涣散，脑子无法集中。

童仝：有人说二十世纪六十年代作家是当今文学的支柱，这种说法对吗？你是如何看待的？

吴玄：二十世纪六十年代作家现在正处于青壮年，从年龄上看，应该是的。但是，六十年代作家一直是相当尴尬的一个群体，他们没有五十年代作家的幸运，遇上了八十年代的文学黄金时代，他们又没有七十年代更年轻的那些作家嗓门大，他们成熟的时候，文学已经相当边缘化了，他们是被忽视的一个群体，他们在寂寞中坚守所谓的纯文学。不过，我还是很看好六十年代作家，我感觉这是一个可以出大作家的群体。六十年代人的内心是非常丰富的，他们的童年在"文革"的废墟中度过，然后经历八十年代的启蒙，又经历九十年代的市场，这可以说是三个截然不同的时代，这三个时代都浓缩在了六十年代人身上，这于文学也许是一种幸事。

童全：对于七十年代或者说八十年代作家，你觉得他们比起你们缺点是什么？优点是什么？

吴玄：七十年代作家，我想主要是指"七十年代美女作家"。七十年代男性作家，还比较稀少，大概是女性成熟得早吧。至于八十年代作家，恐怕还不存在，那不过是出版界在炒年龄。七十年代作家虽然年龄小，但她们比六十年代作家更懂得市场，她们与这个时代似乎更合拍，她们是叫喊着出来的，她们极其夸张地表现欲望，据说，这是崭新的一代，与过去的所有作家都大异其趣。但是，她们的文学品质还有待完成。

童全：六十年代的作家和七十年代的作家，你比较喜欢谁的作品，为什么？

吴玄：六十年代作家我喜欢余华，他延续着鲁迅的传统，浙江虽然习惯被称作江南，代表着阴柔的一面，但浙江也有刚性的

144

一面，崇尚黑色，敢往黑夜的深处走，敢于直面人性内部的黑暗。这样的作家当然是痛苦的，余华是对人生有痛感的作家，痛得无法承受了，就是余华那种冷酷的样子。七十年代作家我喜欢魏微，魏微在所谓"七十年代美女作家"群中，显得很特别，她不是那种赤裸裸的欲望的尖叫，她的小说从容、高贵，嗓门很低，好像在私语，一种暗夜中孤独的私语，更接近于六十年代作家的写作。

童全：读你的作品总是有一种缓和的疼痛，但生活中的你却是那么的幽默、机智，那么你的这种状态有没有融入过作品之中？

吴玄：幽默是一种智慧，是面对痛苦的一种解脱，如果我确实有那么一点幽默，那是很幸运的，这种状态我是很想融入作品之中的，至少我想做这种努力。我写过一个短文叫《猫的游戏精神》，我以为猫是一种懂得幽默的动物，猫吃老鼠从来不是马上吃掉的，而是先戏耍之，把玩之，把必需的进食过程变为一次游戏活动。看上去猫是残忍的，但也是审美的，我觉得小说家之于人生，也是这样，应该这样，猫的游戏精神就是小说家的精神。

童全：有人说吴玄属于不鸣则已、一鸣惊人的那种。你的文章出来的时间虽然慢了点，但一直很能引起读者和评论界的反响，你同意这种说法吗？

吴玄：有这种说法吗？我一鸣惊人过吗？

童全：什么时候到北京来的？北京和你的家乡有什么不同？在写作上给了你什么样的一种触动？

吴玄：我是二〇〇〇年来北京的。北京和我的老家当然完全不同了，我的老家温州是个商业味很重的地方，外面人一听说温州人，就以为你是做生意的，像我这样从来没做过生意的温州人，确实不多。在温州写作不可能成为一种职业，写作，在温州甚至是不正经的、可笑的，跟打牌差不多，都是吃饱了撑的。在温州我找不到感觉。在北京，靠写作活着尽管也不容易，但没人觉得写作是可笑的，起码有这种人存在。我是来北京以后才把写作当回事的，它可能就是我终生的事业。

童仝：你上网吗？你如何看待越来越多的网络作品？

吴玄：我上网。网络作品与非网络作品没什么区别，都是作品。网络文学只是一种方便的叫法，这个叫法其实是有问题的，如果成立，那么以前的文学也可以命名为纸质文学，更早的文学可以叫竹简文学，这种命名有意义吗？

童仝：在你眼里，什么样的小说才是好小说？当然可以从编辑的角度说。

吴玄：这个有点难说，还是谈具体点儿吧。比如鲁迅的《铸剑》、加缪的《局外人》、斯威夫特的《格列佛游记》，我都认为是好小说，这些小说有一种精神，就是我说过的猫的游戏精神。

童仝：那么你比较喜欢谁的书？

吴玄：我最喜欢的作家是加缪。很多年前我读《局外人》，就有认同感，加缪影响了我的人生态度。面对社会，我肯定是个局外人，就是面对自我，我也有一种局外感，好像什么都跟我没关系，包括我自己。

先锋已经成为一种传统

一、关于刊物

梁帅：非常荣幸我们请到了《西湖》杂志的副主编吴玄先生，首先来介绍一下《西湖》这本杂志的情况吧。

吴玄：《西湖》是一家老牌刊物，有五十多年的历史，这个刊刊史比那些著名的刊物，譬如《当代》《十月》《花城》还长许多。《西湖》也曾经有过相当的影响，影响最大时，还跨出过国门，在东南亚一带的华语区也有不少读者。

梁帅：我在一些资料上看过，《西湖》曾经改名字叫《鸭嘴兽》。这是一个什么呢？

吴玄：这些年，随着文学期刊整体性的滑落，《西湖》也陷入了困境，大约在二〇〇三年改刊为《鸭嘴兽》，不过，我至今也没见过《鸭嘴兽》，它肯定不是文学刊物了，据说是一本大文化刊物，它试图走向市场。显然，它的努力没有成功，后又复刊为《西湖》了。

梁帅：没想到曾经的《西湖》有这么长久的历史，在我的印

147

象中大约是进入二〇〇三年之后，《西湖》在众多文学期刊中异军突起，谈谈这本刊物的定位吧。

　　吴玄：复刊后的《西湖》，似乎终于明白了自己该干什么、可以干什么，《西湖》把目光集中在了新锐身上，《西湖》打出了"新锐出发的地方"，这广告语也就是《西湖》的办刊方向了，《西湖》该做的就是成为新锐们出发的地方。各种各样的新锐，都可以从这儿出发，《西湖》并不刻意追求某种风格和流派，当下的文学期刊，似乎除了现实主义，就没别的主义了，但潜在的写作肯定远为纷繁复杂。《西湖》并不反对现实主义，但也可以为任何一种写作提供足够的空间，它是开放的、兼容的。

　　梁帅：《西湖》是宽容的，像我这种另类一点儿的作者也能成为新锐的一员，我也是很意外的。《西湖》打出"新锐出发的地方"后，大概有多少"新锐"已经从《西湖》出发，现在效果如何？

　　吴玄：《西湖》打头的栏目就叫"新锐"，每期以三分之一的篇幅推出一位新锐作者，同时发表三个短篇或一个中篇一个短篇，一篇创作谈，一篇评论，以及照片和简介。这么隆重地推介新锐，在全国众多的刊物中，应该说是不多的，而且效果是不错的。《西湖》的新锐栏目引起了文坛的重视，北大刊评也将《西湖》列入了他们的点评范围。七年来，"新锐"推出了将近一百人吧，像徐则臣、李浩、曹寇、袁远、东君、吕不、李红旗、石一枫、何丽萍、柳营、方格子、孔亚雷、俞梁波、王威廉、郑小驴、杨遥、文珍这些人曾先后出现在新锐栏目上。现在，这些人中有的已经是当下重要的作家了。

　　梁帅：有人认为，《西湖》这本刊物中非虚构的作品要好于虚构作品，比如"一个人的文学史""文学前沿""海外视点"等栏目都很受欢迎，您如何看待这种观点？

吴玄：确实，《西湖》的专栏是很强，程永新的专栏"一个人的文学史"，为当代文学史提供了细腻的感性记忆。"文学前沿"是邀请当下重要的作家、批评家、编辑家，就当下的文学关键词展开对话，阐述他们的观点和内心。"文学前沿"还跟《西湖》的另一专栏"海外视点"，构筑起了关于国内和国外对文学的两重视界。另外，像"民间叙事"栏目，董学仁的《自传和公传》，算得上是近年来散文的代表作。作者构筑了一部包括"我"、"我"的城市、"我"的国度、"我"的世界的五十年混合的编年史。其宏大叙事和个人叙事结合得很好。不过，专栏跟小说不太好比，小说大多是新人的作品，肯定不是他们最好的作品，他们最好的作品尚未写出来呢。但是，这些新锐的小说还是很有文学品质的。

梁帅：我个人比较喜欢"一个人的文学史"，几乎每期都看，挺有意思。这些作品对《西湖》影响力提高起了很大作用，目前的发行量能有多大？

吴玄：对，在一些知识分子中反响还不错。但我们的发行还不大。

梁帅：以年轻读者为主的《独唱团》在今年上市以来，就有几十万的发行量，您觉得纯文学期刊如何面对发行数量下滑、读者减少的现实？

吴玄：这是个老问题，这个问题韩寒解决了，但是，传统的文学刊物都没有解决。

梁帅：在一些主流刊物，像《人民文学》《收获》都推出了八〇后代表人物郭敬明的长篇小说，媒体也认为这是中国纯文学对八〇后创作的认可。那么，《西湖》在这方面，也就是推举文学新人有哪些做法呢？

吴玄：《人民文学》《收获》发表郭敬明的小说，好像成了一件事情。不过，他们发表郭敬明的小说，恐怕不是从文学方面考虑吧。《西湖》只是个小刊物，我们没法像《人民文学》发表郭敬明的小说那样有影响，我们只能为新人刚出发时提供一点点动力，并希望他们很快能引起《收获》《人民文学》这样的刊物的关注，在某种意义上，我们是在为这些大刊提供作者。为了扩大新人的影响，我们特邀了程永新、洪治纲等十六名专家作为"新锐"栏目的点评人，对新锐作者进行专门的作品点评。从二〇〇七年开始，我们还每两年举办一次"西湖·中国新锐文学论坛"及评选"西湖·中国新锐文学奖"。

梁帅：从刊物角度来讲，八〇后的创作在一个什么样的水平？

吴玄：好像有很多个八〇后，比如郭敬明的八〇后，韩寒的八〇后，这些其实是完全不同的群体。从刊物角度看，八〇后的创作跟七〇后、六〇后没什么区别，他们的文学资源也没什么区别，大多是西方二十世纪以来的现代文学。创作群体以十年为界来划分，好像没有什么意义。

梁帅：八十年代的成名作品都是在刊物上发表的，现在出版一本书变成了很自由和方便的事情，一些作家通过图书的出版也得到了市场的认可。那么，刊物现在是否依然是衡量中国文学创作水平的标准呢？

吴玄：我觉得还是吧。目前通过市场认可的文学大多还是类型文学。

梁帅：刊物功不可没，中国期刊界，有"一本期刊是一人办成"的说法。也可说一份刊物的好坏，要看刊物是否有一个"灵魂"人物，比方鲁迅之于《语丝》，巴金之于《收获》，一个好的主编与刊物之间的关系是如何的？

吴玄：就是你说的灵魂吧。

二、关于写作

梁帅：您是从什么时候开始写小说的，第一篇小说是在什么刊物上发表的？

吴玄：九十年代开始写作，是一个中篇叫《都没意思》。发在《江南》。

梁帅：我知道您是温州人，那是一个全民皆商的地方，应该说经商对一些人来说意义更大，但您为什么选择当一名作家呢？

吴玄：我觉得是这样的，一个人走上作家的道路和他生活的地域没有必然联系，主要是和他生活的圈子有联系。我们当时也是有一群文学青年，整天在一起讨论文学作品，当时的观念也很新潮，因此当年在一起的那些人，现在基本上在文坛上都很活跃，像马叙、东君这些人。我们在温州那个地方，都不会做生意，好像活在另外一个地方，每天都在谈文学，应该是小圈子每个人互相影响吧。

梁帅：当时你们的文学小团体，经常讨论一些作品，互相推荐一些书目，那么您的阅读口味是什么样的，崇拜过哪些经典著作呢？那些作品对您的文学创作产生过什么影响？

吴玄：我们那时候基本上都在阅读现代派的那些文学作品，卡夫卡、马尔克斯、博尔赫斯、意大利的卡尔维诺、法国的加缪、爱尔兰的乔伊斯啊，应该说，对于中国大部分写作者来说这是大家的共同的阅读背景。一直到现在，这些经典作家还在一代一代影响着我们的作家。

梁帅：就您个人来说，您喜欢哪些作家的作品？

吴玄：我个人喜欢那种叙述上比较简单的、在精神上反英雄的类型，和那些写作姿态比较低的作品，像加缪的《局外人》我就比较喜欢，海明威的一些我也喜欢，如《老人与海》，马尔克斯《没人给他写信的上校》，这些都是叙事很简单的作品。它们的叙事从表面上看可以一点儿都不先锋，但是，他们写作的那种精神还是站在当时那个时代的前沿的，因此，这些作品传达出的对世界的看法、对人生的态度都是先锋的。

梁帅：先锋文学是一种文学态度。主要是看内容，而不是形式？

吴玄：我不是很喜欢那种把文本拆开，颠来倒去的实验的作品。文本的实验只是先锋的一种可能，但真正的先锋是精神层面上的，对人的精神的探索。从先锋文学产生来看，确实有过那样一个文本实验的时期，就像乔伊斯那个《尤利西斯》，把文本切割开来，但我个人认为，文学是一个线性结构的东西，硬把它切割开来，没有那个必要，因为它不像电影，蒙太奇，什么都解决了。形式上的先锋已经过去了，但精神上的先锋，是永远不会过时的。

梁帅：结构主义大师的代表略萨获得了今年的诺贝尔文学奖，也是对重视文本实验的一种肯定啊。

吴玄：略萨是搞结构的，因为他的大部分作品都是在那个拉美文学爆炸的背景下产生的，那时候，整个西方文学玩结构比较时髦。但是，今天看来，它的结构其实给普通读者的阅读造成了障碍。我曾写过一个随笔《告别文学恐龙》，说的就是那些被经典化的作家作品，有一个"不好看"的标准。

　　梁帅：是啊，我觉得略萨的小说结构很生硬，有时候为了阅读一个完整的故事，我需要跳跃章节来看。那个《胡利娅姨妈和作家》就是这样的结构，在一个长篇中插入几个短篇。我看的时候基本上把那些短篇都越过去了。

　　吴玄：今天来说，先锋小说作为一种文学思潮已经过去了。在中国也是这样，八十年代轰轰烈烈的先锋小说，作为潮流和运动已经不存在了，也可以说，作为文本实验的先锋写作，已经不是主流了。但先锋小说的另一个方面，就是先锋文学的精神已经成为一种传统，先锋写作的各种元素已经集体无意识地融入现在每个作家的写作中。先锋和以前的现实主义、古典主义一样，已经成为写作的一种传统了，我是这样认为的。

　　梁帅：先锋已经成为传统。说得好。先锋写作已经自然地呈现在更多的作家的作品中了。

　　吴玄：先锋文学除了文本实验，更主要的是那些作家是站在思想史前沿来看问题的，先锋精神是对世界的看法、人生的态度，对人的精神方面的不断探求。

《西湖》：新锐出发的地方

　　由我来介绍《西湖》，并不是很合适的人选，我在两年前才见到《西湖》。我记得是在《当代》杂志的编辑部，杂志社别的东西没有，就是杂志多。但我突然看见《西湖》，还是吃了一惊，它的封面、版式、纸质，一看就是一流的，而且是越看越舒服的。我把它拿在手上翻来翻去，里面的文章我并没有去看，但我对《西湖》的印象已经很好了，这是一本精美得可以拿在手上把玩的杂志，文学杂志就应该是这个样子的。

　　这是我最初见到的《西湖》。其实，《西湖》是一家老牌刊物，有近五十年的历史，这个刊刊史比那些著名的刊物，譬如《当代》《十月》《花城》还长许多。《西湖》也曾经有过相当的影响，影响最大时，还跨出过国门，在东南亚一带的华语区也有不少读者。这些年，随着文学期刊整体性的滑落，《西湖》也陷入了困境，大约在二〇〇三年改刊为《鸭嘴兽》。可惜，我至今也没见过《鸭嘴兽》，它肯定不是文学刊物了，据说是一本大文化刊物，它试图走向市场。显然，它的努力没有成功，后又复刊为《西湖》了。

我是半年前才来《西湖》杂志的，《西湖》的历史我知道的就这么多，所以，我重点想谈《西湖》的现在，二〇〇七年的《西湖》将如何如何。

复刊后的《西湖》，似乎终于明白了自己该干什么、可以干什么。《西湖》把目光集中在了新锐身上，它打头的栏目就叫"新锐"，每期以三分之一的篇幅推出一位新锐作者，同时发表三个短篇或一个中篇一个短篇，一篇创作谈，一篇评论，以及照片和简介。这么隆重地推介新锐，在全国众多的刊物中，应该说是不多的，而且效果是不错的。《西湖》的新锐栏目引起了文坛的重视，北大刊评还破例将这个栏目列入了他们的点评范围。三年来，像徐则臣、李浩、曹寇、袁远、东君、吕不、李红旗、石一枫、何丽萍、柳营、方格子、孔亚雷、俞梁波这些人曾先后出现在新锐栏目上，现在，这些人中有的已经是当下重要的作家了，他们的成长和《西湖》的努力也是有关系的。

一个文学爱好者，若想走向文坛，并不那么容易，文坛经常就像卡夫卡的城堡，看得见，但始终无法接近。我想，《西湖》该做的就是成为新锐们出发的地方。各种各样的新锐，都可以从这儿出发。《西湖》并不刻意追求某种风格和流派，当下的文学期刊，似乎除了现实主义，就没有别的主义了，现实主义除了底层写作，似乎就没有别的写作了，但潜在的写作肯定远为纷繁复杂。《西湖》并不反对现实主义，也不反对底层写作，但也可以为任何一种写作提供足够的空间，它是开放的、兼容的。

从二〇〇六年开始，《西湖》在封面上很醒目地打上了一句广告语：

民间 新锐 发现

被遮蔽的写作

　　这广告语也就是《西湖》的办刊方向了，《西湖》确立这样的办刊方向，我想是有道理的。当下的文坛大概不能算很正常，它正被市场裹挟而去，而这个市场，文学垃圾总是比文学有市场。那些有市场的名家们，似乎正忙着把自己的知名度兑换成市场份额，他们制造的产品，当然也就不那么像文学了，而更像是文学垃圾。在这种状况下，这些还没有市场的新锐们的文学品质，也许比名家们更可靠。

　　二〇〇七年的《西湖》，从原来的八十页扩版至一百一十二页，扩版后的《西湖》更是围绕着"新锐"这个关键词做的，不仅小说以新锐为主，诗歌、散文、评论也以新锐为主，可以说，《西湖》是一家完全的新锐刊物。二〇〇七年的《西湖》有这样一些栏目：新锐、实力、汉诗、名家、民间叙事、西湖梦寻、文学前沿、文人视觉、北大点评、名家推荐小说排行榜等，新锐栏目照常以近三分之一篇幅推出新人；实力栏目继续关注原来的新锐们以及别的作者；文学前沿邀请当下最重要的作家、批评家，从他们的创作出发，就当下的文学关键词展开对话，东西、陈晓明、李洱、毕飞宇、林白、魏微、叶弥，等等，他们将在此阐述他们的观点和内心；北大中文系的博士硕士们在两年前开始介入当下文学，他们的点评在文坛已有广泛的影响。这些栏目大体可分为两类，一类是为新锐们办的，另一类是办给新锐们看的，我相信，诸如文学前沿、北大点评这样的栏目，对新锐们是重要的。

《西湖》毕竟还是一家小刊物，按某种划分法，刊物是有等级的，所谓国家级、省级、市级，《西湖》是杭州市文联主办的，应该属于市级。一家市级刊物，它能做的大概也就是发发本地作者的作品。其实，事情未必就是如此，实际上，所有的刊物面对的只有一个平台，那就是文学，只有办得好的刊物和办得不好的刊物，级别是没有任何意义的。比如说《山花》，它远在贵阳，办刊条件一点儿也不比在杭州的《西湖》好，在理论上，它一点也不重要，可事实上，何锐先生就是把它办成了当下文坛最重要的刊物之一。我以为，《山花》能够做到的，《西湖》或许也可以做到，至少以何锐先生为榜样吧。

《西湖》愿和新锐们一起成长。

猫　痕

白　马

　　大约是两年前，小城突然来了一匹马，它几乎日日在街间之间踽踽而行，一身的纯白很引人注目。在南方，马是难得看见的，起初，我有点不解，这马怎么会出现在街上，这不是马待的地方啊，这儿咸湿的空气很容易使马生病的。我发现马的眼睛是忧郁的，颈下系了铃铛，但它走得百无聊赖，铃铛也就暗哑不响，算是白系了。即便这样，马还是很美丽的，我觉得它比街上的任何人都美，它使我想起古代的落拓文人和风尘女子，因为它的存在，小城也就显得有点古，不那么俗气了。

　　也就在马来的前几天吧，我毫无准备地来到小城，并且准备一辈子住下去。我不知道为什么非来这儿不可，小城浓重的商业味常常逼得人喘不过气，为了生活，我整天东奔西跑，不得不干些自己从来也没想过要干的营生。也许就是这样，我觉得我跟那匹马挺像的，每次，我远远地看见它，总会默默地朝它点头并且微笑，那马并不知道，有个人把它引为同类，朝它点头并且微笑。

　　后来听说那马是专供人挤奶喝的。我听了莫名其妙就想大骂一顿，那养马赚钱的人真有点缺德，甚至残酷。马曾经多么高贵

161

尊严、飘逸风流，诗歌是它们的故乡。马几乎驮载了中国人所有美好的情感，那些想恋爱的女子，梦想的毫无例外都是白马王子，她们爱马。我在小城认识的一群文友，至今个个都以马为荣，大家凑在一起，互相都以马称呼，比如白马、黑马、徐马、李马、天马，尽管是玩笑，但也足以说明马在人眼里的地位。他们平时谈论最多的不是文学，而是马，总是马如何如何。有一次，我忍不住说起街上那匹供人挤奶的马，大家马上沉默了，继而纷纷抗议，说我看到的根本不是马，而是奶牛。

然而就是有供人挤奶的马，这是无法否认的，马的时代是一去不返了，现在达官贵人炫耀的不再是马，而是汽车，可是马也不该沦落在街头被挤奶呀，这是对马的侮辱。我宁可马也像其他许多动物一样，在地球上灭绝，以维持马的古典形象。

我已经很久没有看见那匹马了，不知它又流落到了哪里。我既感到轻松，又有点失落，我发觉我的怀念之情与日俱增，但愿它还在另一个地方活着。或许有一天，我们会在某个西风古道上不期而遇，我们就像回到家园似的，互相表达着欣喜，我握着它的马耳朵，它往我脸上喷气，我说，马呀，马呀，马呀。

骆　　驼

朋友间取绰号，通常是一种亲昵。

我有个绰号叫"骆驼"，这与老舍先生的《骆驼祥子》有关，我原名叫祥生，与祥子是兄弟。有位老兄叫了几天祥生之后，不经我同意，便改叫我为祥子，随后又索性改叫骆驼，于是乎我就是骆驼了。

现在大家都叫我骆驼。

称谓大约有一种尚不为人知的神奇力量，原来我叫祥生，我就是祥生，与骆驼毫无关系，后来有人叫我骆驼，再后来大家都叫我骆驼，我就是骆驼了，一匹在沙漠中兀兀行走的巨型动物，并且有点苍凉的感觉。如果当初有谁叫我为猪，现在我约略就是一头老猪了，除了睡觉，别无所求。

当我有了一些骆驼的感觉，我才惊异我从未去过沙漠。本来未去过沙漠是无关紧要的，可身为骆驼而未去过沙漠，便是莫大的悲剧了。一匹行走在江南的骆驼，不只怪模怪样，而且可笑。在南方，它除了关在动物园里供人观赏，一无用处。

骆驼是应该有种乡愁了。

去年冬季，我带着六岁的女儿去动物园玩，进门不远处关着一匹骆驼，女儿用怪怪的目光问我，这是什么东西？我说骆驼。女儿笑道，爸爸，人家也叫你骆驼呢。女儿又看了看，便不经意地跳过去观赏别的动物了。确实，骆驼并不好看，把它关在动物园里，只是增加一个品种而已，我立它面前，刻意地看它，只因我是它的同类。

　　这儿的人们是很少提起骆驼的，由于我是骆驼，在我的生活圈子里，朋友们才时常议论骆驼，并拿它取乐。有回，一位老友说，在南方，骆驼是很可怜的。多年以前，我在动物园里看见一匹骆驼，它身上的毛脱光了，显然是一匹老骆驼，无精打采地躺在栏里，像一堆灰暗的废物。当时我想起的不是你，那时我不认识你，若是现在，就是你了。当时我奇怪地想起诗圣杜甫，我觉得杜甫就是那个形象。虽然我们谁也未见过杜甫，但可以借此开开大诗人的玩笑，我们都表示确实有点像。这位老友笑笑，继续说，因此我注视了那匹骆驼很久，下面还有一个细节，我不便说。

　　我们说，说吧。

　　我说了，骆驼，你别生气。老友说，那匹骆驼突然站了起来，撒了一泡尿，然后又将自己的尿舔了。

　　我们都笑，这匹老骆驼确实很可笑，它在南方不知待了多久，却依然保持着沙漠里的习性。在沙漠里，水是很珍贵的，包括包含水分的尿，骆驼舔自家的尿，也算是一种生存智慧吧。而在南方，水随处可见，再去舔尿自然可怜复可笑了。

　　或许我真的就是这么一匹骆驼。

在废话中活着

　　我的腰部曾经别着两件东西：一件是呼机，另一件是手机。这两件东西好像很重要，好像生活就是从腰部开始的。如果是冬天，还好，藏在衣服里面没人看见，但夏天也那么别着，现在想想实在是可笑，好在几年前许多人都是这副装束，也就没人觉着是可笑的了。事实上，这也算得上是这个时代的典型装束，若干年后，若是有人替这个时代的人物造型，让他的腰部同时别着呼机和手机，是很有必要的，这装束预告了一个时代的到来，信息时代的到来。

　　那些玩意儿，将一个个人联结在了一起，每个人都成了网络中的一个点，就像围棋盘上的棋子，是互相联系互相依存的。至少从表面上看，人不再是孤立的个体，人活在网络之下，似乎也不那么孤独了。即便不巧，孤独袭来，拿起手机摁摁摁，便有朋友与你通话，孤独也就不算什么了。

　　信息时代，人的价值当然以拥有信息的多少来计算。手机曾一度成为阔人的身份标志，并不仅仅是它价格昂贵，应该是有它的内在逻辑的。极端点儿说，一个人的价值也可以用被呼叫的次数和通话的次数来计算。有些人因为实在过于重要，免不了不停

165

地被呼叫，弄得寝食不安，只好关机。但是，在朋友之中，如果半天没人呼你，手机也半天不响，那说明你一点儿也不重要，是要被人瞧不起的。所以腰部别着呼机和手机的人，就时时处于等待之中，等待呼机和手机响，实在无人骚扰，那就骚扰人家。喂，什么事？嘿嘿，没事，没事，随便聊聊。那玩意儿确乎增加了人的交流欲望，使人始终处于一种交流状态，达到了哈贝马斯的理想状态。可是，人真的需要那么多交流吗？人可以交流吗？这样的交流，除了无聊成倍成倍地增加，似乎也没有增加什么。

信息时代的一个奇迹就是满大街的人，都一边走路一边拿着手机说话，好像忙得不行，其实也不过是在聊天。聊天成了生活中最重要的事件，起码也是最重要的事件之一，你腰里别着手机，不聊天，还干什么？

拿着手机聊天，对我来说仅仅是进入信息时代的一种练习，紧接而来的国际互联网，才是真正的信息时代。互联网与电话完全不同，电话、呼机、手机，联结的是你原本熟悉的世界，互联网却让你进入一个陌生的世界。在网上没人愿意和一个熟人说话，大约就是陌生的缘故，有那么一段时间，我成了一个网虫。我白天睡觉，夜里上网，生活完全颠倒，而且把现实世界几乎忘却了。其实，在网上无非也就是聊天，和你一无所知的人聊天，收集他们的"伊妹儿"地址和OICQ号码，反复聊上几次，就可算网友了，聊的自然都是废话。在网上，不说话是不行的，不说话就意味着你不存在、你死了。这是一个说话欲极度膨胀的时代，一个聊天的时代，我说故我在。但是，说得越多，生命越没有意义，说的时候似乎很轻松，可立即又发觉还是昆德拉说得对，生命中不能承受之轻。后来我想，地狱是有的，地狱就是网上世界，人在网上，有魂无体，就像丧失了身体的鬼，鬼要证明自己存在，只有不停地说、说、说……地狱肯定是个通信十分发达的地方。

生命是有代价的，聊天也是有代价的，电话费、手机费、上网费，我的工资居然不够付这些费用，我这样活着，原来只是为了付费。

那年，我从温州来到北京，住在一间半地下室里，那儿没有电话，手机、呼机进了半地下室，也没有信号，成了玩具。我只得告别信息时代，我像是被抛在了荒原上，老实说，我心里感到惶惶不安，而且充满了孤独感，我有点怀念那种在废话里活着的生活，我只好又玩起另一种更古老的游戏——写小说，写小说其实也是说废话，不过那是一个人的自言自语。

人总是要说话的，写小说比在网上说废话或者拿着手机跟人说废话，要经济一些。

人啊，方言啊

　　方言就像故乡。方言从嘴里发出来，就是乡音了，当一个被另一种方言围困太久的人，突然听到一声乡音，不免是要两眼汪汪的。

　　我这样说似乎是在赞美方言，其实不是，我要说的恰恰相反，乡音确乎是亲切的，但是，除非你一辈子待在乡音里面，否则人啊，就难免被另一种方言所欺凌了。

　　方言，对于操那种方言的人，总是有种莫名其妙的自豪感，好像他的那种方言，就是世界上最好的语言，其他的都不是人话。我出生的那个地方，地处浙闽交界，语言很是混杂，统计起来，一个人口不足两万的乡，竟有十来种方言，比如闽南语、闽北语、瓯语、越语、吴语、畲语，只要脚往门楼外一踏，就走入另一种方言区了。小时候，备受我们嘲笑的除了村里的残疾人，就是村外来的与我们操着不同口音的人了。凡这等异类到来，我们必定是要跟在背后，怪模怪样地学他的腔调，而且做出很轻蔑的表情，就像学家里养的狗叫、猫叫、鸡叫、鸭叫。后来我从家乡移居异地，差不多也受到同等待遇，在街上乘三轮车，骑三轮车的一听我不是本地口音，就要多收一块钱，到商店里买东西，

168

货主不仅要提高价格，同时还忘不了白你两眼，以惩罚你这个异类。几年前，我去温州市里参加一项围棋比赛，比赛中间，对手看我讲国语，便用温州话和观棋的商讨起棋局来，还用很下流的方言偷偷骂我。温州话我也听懂几句的，我说你下棋便下棋，干吗骂人，对手又偷偷地说，狗生的，谁叫他不讲温州话。

人与人之间的认同，首先来自语言，既然你操着不同的语言，挨骂大概也就活该了。但对于方言，我还是感慨系之。

方言是封闭的，而且几乎都是排外的。就像一道围墙，将使用它的人围在里面自鸣得意。当你从一道围墙跨入另一道围墙，听着那些你不懂的方言，异乡的感觉就异常地强烈了。如果你想在异乡待下去，首要的、必须的就是学会本地话，否则就是永远的异乡人。如果你还想在公众活动方面有所作为，那就更要赶紧学。

这些我能理解，可方言那种莫名其妙的自豪感，我实在不懂。比如上海话，上海人是挺自豪的，比之于国语，它究竟好在哪里？还有广东话，他们也一样自豪，从大都市到穷乡僻壤，从鬓毛已衰的老者到牙牙学语的顽童，他们的自豪感都是一样的。其实，方言大都是粗鄙的、嘈杂的，只是具备一般的叙述功能，大都缺乏抒情能力，若用来谈情说爱，在我看来，都是十分可笑的。幸好我从前的女友，也就是现在的老婆，与我操着两种不同的方言，只能用国语来谈爱。

据说，让人操着不同的语言，互相隔绝，是上帝的阴谋。他老人家害怕人联合起来太强大了。也许是这样的。人，可能就是语言的动物。一种方言，无论多么粗鄙，对于使用它的人，都是命中注定的了。我的一位文友曾经问我，你写作是用方言还是国

169

语思维，我想都不想就说国语。他沉默一会儿，严肃地道，不对的，人都是用母语思维的，你最早用什么语言，就用什么语言思维。我写作都是用方言思维的，而且做梦也是用方言来做的，梦里从来不说国语。

看来方言之于人生关系大矣，改造人也得从方言开始。

方言啊，人啊。

最后一个处女

这个故事是真实的。

我的朋友，我暂且隐去其名，称他为李某。李某离过婚，正在谈一场恋爱，好像有大半年了。一日，他将车开到我家楼下，百无聊赖地要我陪他兜兜风。然后就是我上了他的车，李某人一边开车一边叹气，唉，唉。我说，怎么了？李某说，我不想理她了，我这恋爱谈得真没意思。我这才知道原来是他的恋爱出问题了，他的女朋友我也见过，是位空姐，他们是在飞机上认识的，也算是一见钟情的那一类吧。

到了湖边，我们随便找了块石头坐下，李某突然问我，你喜欢处女吗？

我说，喜欢的。

李某说，如果你遇上了一位处女，你该怎么办？

我说，这还不好办？把她变成不是处女不就完了。

李某说，她就是一个处女，可是，我不想理她了。

我说，她是处女？这不是很好吗？

你不懂。李某看了看我，又沮丧地说，她要跟我谈一场完全古典主义的恋爱，就是说，就是说，我们婚前不得有性行为，她要把处女身留到结婚的那一夜。

我说，我懂了，你要现在就有性，她不要现在就有性。

李某说，也可以这么说。

我说，这也很容易，你马上结婚，不就解决了。

李某说，唉，我结过婚，也离过婚，这恋爱和婚姻并不是一回事，恋爱应该是为了彼此的灵魂和身体，而不是为了结婚。性是为恋爱的人准备的，而不是为结婚的人准备的，婚姻甚至可以没有性，但恋爱不能没有性啊。可是她把这一切都搞反了，我在谈的是一场没有性、没有身体的恋爱，这恋爱谈得好辛苦，又无法跟别人说，我已经无法坚持下去了。

我说，这个，这个，哈。

李某说，她除了这点，别的都挺好的，她看上去真的像个天使，在飞机上，我只看了一眼，就喜欢上了，我不知道是不是她身上的处女气息吸引了我，可是跟一个处女谈恋爱，简直太痛苦了。这点，对她自己而言，大概也是个悲剧。她已经二十九岁了，快要成为一个剩女了，在我之前，她还谈过三次恋爱，结局都大同小异，开始都是很热烈的，然后就在性的问题上绕来绕去，然后就无疾而终。

我说，我、我突然对你的女朋友很是好奇，既然代价那么大，她为什么还要坚持这个？

李某想了想，说，我也不知道，我不知道该对她表示尊敬，还是应该进行病理学分析。

我说，你的意思是她有病？

李某说，也许，也许她就是个了无性趣的人，或者就是自虐，有时，她也有欲望，但是，某个强大的念头完全控制了她，

172

不等到结婚那一刻，就是不做爱。

我说，我还是愿意表示尊敬，做不成爱，那是你的事，对我而言，处女总是可敬的，我们经常指责这个时代没有处女，其实处女就在你身边，只是一旦真的面对处女，你又不知所措。

李某说，是的，我也想再谈下去，可是我没有办法，我一点儿也不想谈了，我再也不要跟一个处女谈恋爱了。其实，我并不在意她是不是处女，只是她很在意自己的处女身份，我不好意思说我不在意。

我说，其实，也有人在意的。最近，我看过一个小说，题目叫《完美结局》，讲一个有处女情结的男人，因为他的妻子不是处女，心里的阴影越来越大，不断地陷入猜疑和焦虑之中，最后导致婚姻崩溃。

李某说，唉。

柳文被狗咬了一口

柳文不是她的真名，是我临时替她取的一个名字。我们在同一座小城里生活二十年，我和她和她的丈夫南远都是朋友，我们经常互相走动。他们有一个五岁的女儿，每次见了我，嘟着嘴说，叔叔来啦。然后就很兴奋地爬到我肩上，拿我的脑袋当玩具。在我的印象中，柳文一直是相当快乐的，生活也是很平静的，她在政府的某个部门上班，那工作也是相当轻松的，多坐一会儿或少坐一会儿，都没关系。这样的生活，可以说是很标准的一种小城生活，也算是幸福的了，不过，这样的生活有时也有点烦，总是觉着时间太多，不知道怎样打发。

二〇〇一年五月的一天，那时我在北京，不知道小城的天气怎样，大概总是阴雨绵绵吧。这样的天气坐班是很郁闷的，柳文从办公室里溜了出来。政府大门的右边有一排打字店，柳文办公室的文件就是其中的一家打字店打的。柳文和打字店的女老板混得很熟了，那女老板年龄和柳文差不多，好像很有点"小资"倾向，特别喜欢狗，开店的时间也带着一条狗，那条狗以前我也见过的，不过就是一条小叭儿狗，柳文和叭儿狗也是老朋友了。那天，柳文坐在打字店里和女老板闲聊，不知怎么的，小叭儿狗就在柳文的脚背上咬了一口，咬得也不算重，大约介乎真咬与嬉戏之间，但疼还是有点疼，而且脚背出血了。柳文一看血都咬出来了，就跺脚，乱叫，你这死狗，怎么咬人？女老板也奇怪，这狗怎么咬人了，它可是从来不咬人的，大概它是跟柳文的脚背亲热过头了。

毕竟只是一条小叭儿狗咬了一口，况且狗也不是有意的。一会儿，不疼了，柳文也就忘了。聊完天，柳文按部就班上幼儿园接了女儿回家。

当时，柳文一点儿也没想过狂犬病。她一点儿也不知道就在她被狗咬的那几天，已经有六个人因为狂犬病，在离她上班不远的医院里死去了。几天后，政府在电视台发布公告：狂犬病已严重威胁全市人民的生命安全，并动员全市人民对付狂犬病。柳文坐在客厅的沙发里，还没看完公告，腿就软了，接着就觉着腿消失了，没有了。她对着电视机，很想哭出声来，但就是哭不出声，她吓坏了。后来，她终于哭出了声，吓得身边的女儿也哇哇大哭起来，她几乎是绝望地告诉南远，前几天，她在打字店被狗咬了一口。

柳文立即被送到了市防疫站，紧接着女老板的叭儿狗也被送到了防疫站，检查的结果非常好，叭儿狗没有狂犬病。自然，柳文也没有感染狂犬病。应该说，柳文的危险解除了，只不过是虚惊一场。

但是，柳文吓坏了，她不太敢相信自己会这么幸运，她被狗咬了一口而没有感染狂犬病。据说狂犬病的潜伏期可长达二十年，也许她已经感染了，只是没有发作而已。从防疫站回来，柳文陷入了恐惧之中。相当长一段时间，柳文不敢出门。那段时间，小城组织了无数的打狗队，见狗就打，许多人上街都手持打狗棒，左右四顾，以防疯狗突然袭击。这样的景象，使小城显得有点荒诞，但也没办法，都死了六个人，谁不谈狗色变。柳文关在家里，听着远处狗的叫声，把自己想象成了一个狂犬病人。狂犬病人怕光，慢慢地柳文觉着她也怕光，把家里的窗帘拉得严严实实；狂犬病人怕听水声，柳文觉着她也怕听水声，弄得洗脸也得南远替她拧毛巾；狂犬病人想咬人，柳文觉着她也像疯狗一样，想咬人，尤其是想起打字店的女老板，就想咬她一口。在反复的想象之后，柳文觉着凡是狂犬病人身上有的症状，她身上都有了。

那段时间，柳文跟南远说得最多的一句话就是，当心我咬你一口。

南远说，你要相信自己，你没有病。

柳文说，我没有吗？

南远说，你没有。

柳文说，那条狗呢？

南远说，打死了。

柳文说，没有病，干吗要打死它？

南远说，市里规定，不管有没有病，是狗就要打死。

柳文说，你骗人。

南远觉着老婆这样下去，很快就要得神经病的，柳文主要是不相信防疫站的检查结果。不久，南远把柳文带到了上海的大医院检查，上海的医生告诉她，她确实没有感染狂犬病，她只是受到了惊吓。小城市的人一般都迷信大城市，上海医生的话，柳文相信了。

二〇〇一年十月，我回到了小城。这时离小城闹狂犬病快半年了。我见到柳文的时候，她看上去完全恢复了正常，说起这段经历，柳文最后说，你不知道我当时多么害怕，我怕死了，我怕自己变成一条疯狗。柳文发觉自己原来是个胆小鬼，就笑了，但笑得有些勉强，她的眼里好像多了一点什么东西，那点东西大概叫恐惧。

雁荡三叹

一

雁荡山方圆五百里，百二奇峰混混沌沌晕晕乎乎地罗列其中，许多个世纪又许多个世纪，都无人发现，个中原因，大约是雁荡"不类他山，皆包在诸谷中，自岭外望之，都无所见"。

后来，到底让人发现，史载雁荡山兴于唐而盛于宋，算起来成名也一千多年了，且获得"海上名山""寰中绝胜"之誉。但雁荡僻居海陬，远离汉文化圈，不少历史上光照千古的人物都没有濯足过雁荡，譬如李太白，譬如白居易，譬如苏东坡，以至现在的雁荡人还为他们没有来过雁荡，没有挥洒些才气予雁荡而遗憾。

山水诗的鼻祖谢灵运，乐清是来过的，雁荡是否去过就很难说，然而雁荡山还是有谢公岭和落屐亭，雁荡山渴望文化由此可见。或许谢灵运是来过雁荡的，并在落屐亭附近掉了他的一只屐，这只屐于雁荡确实很重要，千百年来，雁荡似乎都在静默中等待，等待一些人来吸取它的灵性。谢灵运为何不留下几首诗赞

178

美雁荡，以让我们后人有诗为证。

二

灵峰夜景是雁荡三绝之一，在一圈不大的空地边缘，疏密有致地耸立数座奇峰，峰顶有怪石，峰底有怪洞，且有两道溪流隐秘地来，又隐秘地去，聪明的和尚在洞里筑了九层浮楼，确是个幽玄之地。这些峰，这些石，象形得惟妙惟肖，又移步换形，叫人不断处于惊叹之中，灵峰是很容易使人联想翩翩的，甚至产生幻觉。

但灵峰早就被定格了，人们对灵峰的理解就是象形，那峰是夫妻峰，又叫合掌峰，又叫鹰鹫峰，又叫双乳峰；那石是牧童，那石是老妪，那石是犀牛，犀牛的头上有月，于是犀牛望月。象形也不失为一种大家喜闻乐见的观赏，然而有人嫌不够生动，还要在峰石之间联络联络，编成个故事，故事梗概可以用一首歌谣概括，歌曰：牛眠灵峰静，夫妻月下恋，牧童偷偷看，婆婆羞转脸。

这故事源远流长，许多人都说妙趣横生，雁荡的导游带着一代一代的游客，来到灵峰观赏夜景，无一例外就是讲解这个故事。导游很自豪地说，游客很满足地听，导游不时幽峰石一默，游客不时会心一笑。灵峰就这样在导游和游客的默契中，成了一幕闹剧，他们似乎并非观赏山水而来，而是窥视夫妻的隐私，大约这也陶冶性情吧。

在我们这个不乏山水诗情的国度，雁荡却长久地被故事化，进而伦理化，这般好山好水，只不过演绎了一个俗不可耐的民间

179

故事和一首不伦不类的歌谣。

真让人感慨系之。

三

灵岩飞渡也是雁荡三绝之一，灵岩为一空谷，谷底茂林修竹，古树参天，中有千年古寺，许多石峰和石嶂于苍翠的颜色间，忽地拔地而起，崖际又有飞瀑泻下，在谷中訇訇作响。谷口双峰对峙，左展旗，右天柱，相距二百五十米，皆顶天立地，峰顶之间架一钢缆，飞渡就在此间进行。

飞渡起源于采药，原来雁荡山的峭壁间盛产药材，山民为了采药，自然而然练就了飞渡绝技。如今，药是很少采了，飞渡已演变为一项专门娱人的杂技，定时表演。对此，至今尚有争议，观众或者游客大体分为两派，反对者说这种表演，要钱不要命，太危险，应当停止；赞赏者则以为表现人的伟大，实在叹为观止。

其实，危险倒也不比走在街上，随时都可能碰到车祸更危险，绳断人亡的事毕竟只发生过一次，况且现在用了钢缆，断是很难断的。身怀一技，借此混碗饭吃，也没什么不是。人在这样的高度表演飞渡，当然要训练有素，至于就可表现人的伟大，则未必，如果训练一只猴子飞渡，可能比人表演得更出色。

那天，我在灵岩凑巧也看了飞渡表演，只听得峰顶上一阵鞭炮炸响，谷中游客被突如其来的声响吸引，都一齐仰了脸，把眼睛、鼻子和嘴仰到一条水平线上。接着，一个蝙蝠那么大的人沿钢缆滑过去了，说蝙蝠那么大，也许有点夸张，实际上大约有一只小猴子那么大。他顺着钢缆滑过去，突然停住了，在高空翻几个筋斗，那表演一点儿也没有惊险的感觉，这高度太高了，高得使人没有感觉，好像看着一只鸟怪模怪样地在高空滑翔，然后又滑，然后就完了。我根本没有感到人的伟大，我只看见人的渺小，人要在这种地方表现伟大，真是莫名其妙，好在表演者原意并非要表现人的伟大，混饭吃而已。

反对者和赞赏者大概都没想过，这地方用来表演杂技，是否合适，是否太奢侈。表演杂技，太低了，自然不刺激；太高了，也没有刺激，必须选择一个适当的高度，才会让人感到刺激。灵岩这样的一个奇绝之地，竟做了并不合适的耍杂技的场所，游客至此，只是想看杂技，我们的山水精神呢？

真让人感慨系之。

四

龙湫飞瀑又是雁荡三绝之一，大龙湫高二百米，五丈以上是水，十丈以下是烟，气象万千，很不好写，所以江弢叔的一句"欲写龙湫难着笔"，便成了名句。

不但龙湫，雁荡的山水，无论哪一处，似乎都难以着笔，桐城派鼻祖方苞来游雁荡，也说"兹山不可记也。永、柳诸山，乃荒陬中一丘一壑，子厚谪居，幽寻以送日月，故曲尽其形容。若兹山，则浙东西山海所蟠结，幽奇险峭，殊形诡状者，实大且多，欲雕绘而求其肖似，则山容壁色，乃号为名山者之所同，无以别其为兹山之岩壑也"。

雁荡，对文人墨客来说，是一场考验，也是一种折磨，不可记的滋味总不太好受，即使勉强记了，也不太像样，历来写雁荡的诗文连篇累牍，而可传诵的似乎不多。因而游雁荡的文人墨客也就不像在别处，大大咧咧广抒胸怀，而是小心翼翼地将自己隐藏起来。沈括写过一篇相当精彩的《雁荡山记》，他是有资格在雁荡山留名的，他大约也想在雁荡山留名，可又不敢了，只在灵岩深处的龙鼻洞内，悄悄地刻下"沈括"二字。后来的名流，大都也依此例，悄悄地在龙鼻洞内题刻，如今龙鼻洞的题刻已颇为壮观，成为一处不可多得的文物。他们的明智真令人感动，雁荡因此到了方苞时代，还独完其太古之容色。

但是，题刻的时代来了，现代文侩好题刻，他们到处哼哼，气壮山河，动辄题错别字写打油诗，更有人如获至宝，将其刻之名山，传之永久。雁荡本来完好的山容壁色，便伤痕累累，惨不忍睹。

真让人感慨系之。

五

大凡一处名胜，总得有人理解它，与之共呼吸，才不枉为名胜；又得有人保护它，使之不至枯竭，才能传之后人。要人理解雁荡，似乎并不容易，要人保护它，似乎也不容易。当今社会，回归自然的呼声甚嚣尘上，那些待厌了城市的人们，不断要涌到自然里来，听民间故事，看杂技表演，有权势的还要题词刻字，做他们涂鸦的好场所，自然承受得起吗？

历史上的雁荡，"岗顶有湖，芦苇丛生，结草为荡，秋雁宿之"。这无疑是雁荡最富诗情、最令人倾心的景观之一。如今，雁湖呢？大雁呢？我想，雁湖的消失总与人事有关。我是毫无根据臆断的，也许它与人事无关。雁荡是渐渐地老了，溪涧的流水一年比一年稀少，动不动就一溪的鹅卵石泛白，大龙湫似乎早过了它的青春期，经常气若游丝，令人起一种忧虑，只是底下的涂鸦一日甚于一日，水枯石烂呀，我们对老去的自然徒唤奈何？

嗚呼，雁荡。

从西湖到安溪

  这个题目，一看就是关于喝茶的，很多人来杭州，是来喝茶的，很多人去安溪，是去喝茶的，而我从杭州到安溪，不喝茶，还能干什么呢？不过是换一种茶喝喝。

  此前，我从未写过关于喝茶的文字，那些关于喝茶的文字，不是哲理，就是人生，都太有文化了，让我感到害怕。喝茶如果分级，我大概就是屌丝那一级吧，我不懂茶，我不敢说饮，我只敢说喝，每天都喝。每天醒来，我第一件事就是喝茶，不喝上两大杯，我就醒不过来，每天睡觉，我也要喝几口，不然，就睡不着觉。这习惯已经有三十余年了，每天，我醒来似乎就是为了喝茶，然后喝，继续喝，然后又在茶水里睡去。据说，人体成分约百分之七十是水，那么我身上那百分之七十应该是茶水，如果茶水就是文化，那我大抵也可以算个文化人了。

  我通常喝的是绿茶，好像浙江人大多都喝绿茶，可能"西湖龙井"就是绿茶的缘故吧，就像安溪人都喝"铁观音"。或者倒过来说，因为浙江人好绿茶，所以"西湖龙井"才是绿茶。绿茶，曾经是茶的正宗吧，我以前看过几本茶史、茶与诗之类的闲书，好像历史上也是以绿茶为尊。绿茶清淡悠远，有虚无感，所谓"茶禅一味"，指的应该是绿茶吧。禅，体验的似乎也是人的虚无感，具体到味觉，追求的大概是无味吧，至于茶的香、茶的甘、茶的醇，这些触动味觉的东西，都会勾起人的欲望的，是低级的，在通往"禅"的路上是应该排斥的。

近些年，绿茶的地位好像没那么高了，据说绿茶性寒、伤胃，很多人不宜，还有很多人只宜在阳气足的午前喝绿茶，午后至晚上则宜喝普洱和红茶，养胃。就是说，大家喝茶，目的是养胃，而不是养禅，禅远没有胃重要。现在，市场也是朝着养胃的方向走的，所以普洱动辄几万几十万一斤，大红袍几万几十万一斤，铁观音也几万几十万一斤，而绿茶在市场上反而像个屌丝了，名贵如西湖龙井，也不过三五千一斤。前几年，龙井好像不甘寂寞，也想跟普洱比比价格，龙井村里那十八棵乾隆皇帝敕封过的御茶，十九万元一斤。这消息我在媒体上见过，也不知有没有人买，反正是没有下文了。龙井太有名了，很多人都知道，那十八棵茶树是新种的，跟别的茶树没有区别，跟乾隆也说不上关系。此后，西湖龙井再也没有用价格表达过自身的尊贵，还是三五千元一斤，差一点儿的几百元不等。

幸好绿茶沦为了屌丝，我还可以继续喝，我一天从早到晚，换三五遍茶叶，几十年了，日日如此，从没伤过胃，不知道是我的胃贱，伤不了，还是绿茶其实并不伤胃。总之，我喝茶，跟胃没太大关系，我不知道我为什么这么需要茶，就像喜欢一个人，不需要理由。

两个月前，我的同学北北说，空不，空就来安溪喝茶。于是我就来安溪了。安溪是铁观音的原产地，我也是知道的，之前我并没有对铁观音的名称产生疑问，但从去安溪的路上直到现在，我一直在跟铁观音较劲，不解这茶叶怎么会叫"铁观音"。茶与佛教相关，叫观音什么的还可以理解，但叫铁观音也太唐突了。我查了查资料，有两种解释，一种是此茶甚好，进贡给乾隆皇帝，名字系乾隆所赐。又是乾隆，不可信。另一种解释是观音菩萨托梦，观音说，南方有嘉木，此间有好茶，我帮你找。但是，福建人干吗要在那么慈悲的观音前面加个"铁"字呢？用铁来形容观音，观音会高兴吗？这会儿我又想起福建的另一名茶大红袍，听起来更不像是茶叶，原来福建人命名就是这么任性的，天马行空的。

到了安溪，我才发觉福建人好茶好像比浙江人更甚，浙江人喝绿茶，福建人喝乌龙，两种茶虽然都叫茶，其实大不相同，是两种人生。绿茶工艺简单，喝也方便，乌龙工艺繁复，喝也繁复。譬如我喝绿茶，只需一玻璃杯，然后默默看着茶叶在沸水里醒来，缓慢地一根一根地站起来，那茶杯确实就有了山水意境，就重现了一个小小的春天。绿茶有形有色，只能泡在玻璃杯里，若是将它闷在紫砂之类的壶里，它立刻就萎了，口感也是混的，壶再名贵也不行。而铁观音泡在玻璃杯里，我也试过，口感也不行，它必得泡满一壶，闷在里面，才能逼出它的香味和回甘。茶确实有很多种可能性，绿茶大概是它的本性吧，而乌龙则近乎人的想象和虚构。它的制作工艺太复杂了，居然成了非物质文化遗产，杀青、揉、捻，把它弄得面目全非，然后又有一道工序叫摇青，似乎人知道它什么时候死去，又知道它什么时候复活，苦尽甘来。我不知道这道工序最终对茶叶意味着什么。

喝绿茶，是一个人的事情，是孤独的；喝铁观音，一个人抱着一把壶，好像就没意思了。在安溪，房间里就备着铁观音和整套茶具，但是我没有动过，我们不约而同地去宾馆一楼的一间茶室，这是一间精致的茶室，上书"茶禅一味"，原木长桌，有美女茶艺师表演茶艺。一坐下来，一种强烈的仪式感就来了，紧接着，身份感也来了，人模狗样的顿觉人生庄严。在安溪那几天，我们每天晚上都聚在此间茶室，喝茶聊天看美女，把架上几千几万十几万价格不等的茶叶都喝了一遍两遍。我原以为是活动主办方买单的，正准备赞美一下北北主办有方，但北北笑笑说，来这儿喝茶是免费的，你若买茶叶才需要付费。我不可思议地看着北北，觉着这真是一间有禅意的茶室，我们一直在白喝。

来安溪，当然还得去看一看茶王。茶王指人也指树，茶树就是观音托梦的那棵，铁观音是扦插培育的，据说所有的茶树都来自那棵母树，我们要看的这棵母树大概就相当于神话中的女娲。母树在一个叫打石坑的地方，名字很乡气，离县城很远，我们翻山越岭，总算到了一处山坡。眼前的母树在一道细小的溪涧旁，是从岩石的缝隙间长出来的，矮矮瘦瘦的一蓬，看不出已经有三百多年的树龄。这确实就是铁观音的母树了，这样一棵不起眼的母树，我觉着真不容易，人确实不好找，确实需要观音菩萨帮忙，那个观音托梦的传说还是蛮真实的。

最初，观音托梦的那个人姓魏，应该就是铁观音的创始人吧。现在的茶王也姓魏，从姓氏看，好像是世袭的。茶王看上去只是个普通的茶农而已，住的也只是一间有点破败的老屋，但茶王是铁观音这种复杂工艺的传承人，他的茶采自那棵母树，一斤十八万元。见我们远道而来，他把十八万元一斤的茶叶泡了我们喝，又每人送一包，我们十几号人，我算算，转眼间近十万元就没了。我直为茶王感到可惜，说真的，像我等并不懂茶的人，没必要送那么贵的茶叶。我真的不懂茶叶为什么越老越好，我还嘴贫，开玩笑说，不是说从来佳茗似佳人，佳人也是越老越好吗？

上个月，几个老友在宾馆，我忽然想起包里还有一包茶王的茶，我狠狠吹了一通牛，然后泡了大家喝，好像茶不是茶王做的，而是我做的。朋友说，老茶确实好，真好。我也突然觉着，我终于有点懂茶了，母树确实与众不同，好，真的好。

隔天，我在包里意外发现，茶王送的那包茶还在，我拿错了，我给朋友喝的只是一包很普通的铁观音。

乱针绣，怎一个"乱"字了得

人家让我去丹阳写乱针绣，我也就是交一份作业而已。在此之前，我并不知道有一种绣叫"乱针绣"。苏绣倒是见过不少的，苏绣太有名了，或许乱针绣就是苏绣的一种吧。

去丹阳，颇费了些周折，本来是十四日去的，因为乱针绣的传人吕存先生不在，改为十七日了。十七日，我们到了丹阳，吕存先生还是不在，因为不在，我对他确实增添了几分好奇。通常，这刺绣，不论是什么绣，总归是女人家的手艺，绣娘，差不多可以代表苏南一带的女性形象吧。在我仅有的记忆里，苏绣名家也都是女性，譬如能诗善画的柳伴月，譬如著有《绣谱》的沈云芝，而乱针绣的传人偏偏是一位男性，而且似乎还是唯一的，不见吕存，就不算见过乱针绣。一位男性在乱针刺绣，呵呵。

还好，丹阳正在办一个"正则绣"的展览，这正则绣就是乱针绣的原名，大概是乱针绣更传神吧，后来大家就都叫乱针绣了。走进高而且大的展厅，里面空无一人，把门的是吕存的一位女弟子，她并不做任何介绍，只是静静地站着，不知是不屑，还是充分信任我的审美能力。这展厅是庄严肃穆的，百年乱针绣的经典作品，全在这儿了，唉，这些我从未见过的乱针绣，似绣非绣，似画非画，远看是印象派的油画，近看才是毛茸茸的绣，一瞬间，从画面扑过来的新奇感和陌生感，就完全震慑了我。

就像是一场惊心动魄的艳遇。我想说，乱针绣就是油画与苏绣的一场艳遇。事实上，它也确实如此，说乱针绣是由苏绣发展而来，并不算准确，说它是从一位并不会刺绣的画家脑子里诞生出来的，可能更准确些。此人就是吕存的爷爷——吕凤子先生。吕凤子大概是最早学过油画的中国人之一吧，此时此刻，他在自己的家乡丹阳创办了正则女子学校，他对刺绣显然是很重视的，他的女子学校就设有刺绣科，招了一大群女生在学刺绣。我猜想，他不仅重视刺绣，他对刺绣本身也是很有兴趣的，如果他是一位女性，做个绣娘肯定也是愿意的，他给自己取的名字，确乎也是有一些女性气质的。一九二一年的五六月间，刺绣和油画大概在他的脑子里纠缠在了一起，有一天下午，他走进了杨守玉的刺绣课堂，向她要针，同时，他的手里还拿着一个竹圈绷子，上面用丝线绣了一小块未成形的蓝绿图案。杨守玉不知所以，拿了一根针给他，吕凤子大约正在兴头上，忘了杨守玉正在上课，把她叫了出来，说，他正在做一种新绣法，叫乱针绣。

吕先生是教她画画的老师，并不会刺绣，听到这话，杨守玉应该很是惊奇吧。这乱针绣，这乱，既是一种技艺，也是一种效果。吕凤子企图用针线，为艺术创造一个新品种，针画、线画或者叫针线画，它的效果，他是看得见的，但他是画家，不是绣家，针线活他还真是不会的。真正完成他的理想的人是她，杨守玉精于苏绣，在她之前，苏绣的针法只有平针，没有乱针。这乱针，究竟怎么个乱法，开始，吕先生是不知的，她也是不知的，她用了两年时间，还真把乱针法给发明出来了，于是人间就真有

190

了一种新的绣，叫乱针绣。

展厅里没有展出杨守玉的第一幅作品，或许是失传了吧。我看见的是她在一九四一年绣的作品《吕凤子像》，此时，离吕凤子头脑里诞生的乱针绣想法，已经二十年过去了，这二十年，杨守玉不仅把乱针绣变成了现实，而且把它推向了高峰。《吕凤子像》无疑是乱针绣的经典之作，只用了黑白灰三种颜色的线，近看，只是一片长长短短的乱线，似乎什么也没有，后退几步，吕凤子的形象则从乱中跃然而出，儒雅，含蓄，忧伤，隐隐然大师形象。

乱针绣，是吕凤子发明的，也是杨守玉发明的，总之是他们俩合力才能出现的一个新东西。我站在杨守玉绣的《吕凤子像》面前，突然，似乎莫名地觉察到了她不为人道的心思，这、这、这，乱针之下，她对吕先生恐怕是有爱的吧，对，是爱，爱情的爱。艺术会泄露一个人最隐秘的情感，就像我在《吕凤子像》前看见了爱。

我又去仔细看了看杨守玉的照片，是年轻时的照片，戴一副眼镜，很安静的样子。她十六岁师从吕先生学画，十八岁到正则女校，直至五十一岁才离开，终身未嫁，一生几乎都在吕先生身边度过。这经历让我浮想联翩，我觉着杨守玉不只是一个奇女子，也是痴女子，她的吕先生，远看是白马王子，近了则什么也没有，什么也不是。不过，展厅里并没有任何文字说明他们之间有爱情。爱情，只是我的猜测，我的八卦。没有爱情，也并不影响他们合力创造了一个艺术新品种。

但是，若是如我所想，他们之间有爱情，这乱针绣的故事就有意思多了，这才是乱针绣的传奇。

从断桥到西泠

　　从断桥到西泠桥，也就是白堤的全长，中间是孤山，这一段是可以拿来概括整个杭州的，而且西湖的灵魂也就在这两座桥上。

　　现在的杭州人，喜欢把自己的城市称作"爱情之都"，这是很有道理的，因为西湖实在是一处表演爱情的好场所，梁祝当年就在西湖边的万松书院读书，白娘子当年就在断桥邂逅许仙公子，而更令人倾心的南朝妓女苏小小，当年就在西泠桥的绿杨深处站着。况且西湖本身就是一位旷代大美女，苏东坡觉得它是像西子，但不管它像谁，西湖确实就是大美女，我想，任何一个男人，面对西湖，不惹出点儿爱情，那是不可能的。连胡适这样的学者，一提西湖，也酸溜溜地写起打油诗来：

　　　　十七年梦想的西湖，
　　　　不能医我的病，
　　　　反使我病的更厉害了。

　　但是，西湖作为女性，已经美到了极致，这样的女性，男人又是害怕的，大抵只可梦想，而不敢近前，因此，发生在西湖的爱情，从来都是女性主动，苏小小、祝英台、白娘子，无不如此。男人嘛，只要站在断桥或者西泠桥上等，就可以了。

我是在西湖边读过书的，但我没有祝英台那样的同窗，我就曾经无数次孤独地从断桥走到西泠桥，又从西泠桥走到断桥，白堤两岸的柳树都像风中的女子，而身边那些陌生的女子又像走动的柳树，堤外就是淡妆浓抹的西湖，此情此景，白日梦是一定会做的。所以，断桥和西泠桥就成了男人白日做梦的地方，这边断桥，是超现实的人妖之恋，这个故事家喻户晓，不用再说了；那边西泠桥，苏小小年方二八，又是个妓女，简直比妖精还可爱。弄得相隔千年的袁枚，还四处炫耀这位小同乡，他专门刻了一方印章，印文就是：钱塘苏小是乡亲。袁枚想必也是不愿与一般的妓女攀同乡的，但苏小小就得另当别论了。对苏小小的神往，大概是从白居易开始的，他说，若解多情寻小小。后来，苏小小几乎就成了西湖真正的主角，谁来到西湖，想的都是苏小小，连皇帝也不例外。据沈复在《浮生六记》中记载，苏小小墓在西泠桥侧，初仅半丘黄土而已。是花心的老皇帝乾隆第六次南巡时，替苏小小新造了坟墓，并且立上一碑，大书：钱塘苏小小之墓。从此，男人前来意淫，就无须徘徊探访了。

西湖肯定是女性的，把西湖比作女人，那是肯定的，欲把西湖比西子，当然也可以，但我更愿意把西湖比作苏小小。在我看来，西施虽然是大美女，可能也是政治女人，就爱情而言，苏小小应该比西施更纯粹。

从断桥到西泠桥，因为有白娘子和苏小小，真正是风月无边了。这是一条通向梦幻的路，有意思的是，中间的孤山却静卧着一位处士林和靖，这位先生终生未娶，以"梅妻鹤子"著名，他虽然身处想象中最多情的两位女子之间，却跟爱情一点儿关系也没有。

陌上花开

　　关于临安，最容易想起的大概就是那句"陌上花开，可缓缓归矣"的句子了。据说这是吴越王钱镠写给王妃的信，信就这么一个句子，叫她该从临安回到杭州城里了，多日未见，寡人想你啦。这句子实在是写得太好了，若是真的，钱镠的抒情能力恐怕可以跟同时代的李煜相媲美了。但我总觉着这是后人的附会，"陌上花开，可缓缓归矣"，有种平淡而又深沉的游子意，仅是语调，也不像是叫人从陌上回城吧，倒像是想从城里回到陌上，我觉着这句子不像是钱镠写的，而像是陶潜写的。若是一句情话，那也不是钱镠写的，而应该是临安春闺里的某个少妇写的。

　　四月七日至九日，恰好是陌上花开的时节吧。陆春祥兄组织了一个临安民宿采风团，一行十人，人都是认识的，比如卢文丽、袁敏、周华诚。我一上车，就睡着了，然后听见一阵"到了，到了"的嘈杂声。下得车来，就到了一个地方，满眼是雾，只听得雾中流下来的溪水，很响。沿溪走几步，就看见溪边大树下藏着几幢别墅，一会儿，我就被安排进了其中的一个房间。这大概就是我们要考察的民宿了吧，住下来，睡，就是我们此行的目的。夜间无事，我早早就准备睡了，但奇怪的是，我一夜也没睡着，到后半夜，溪水是越来越响了，似乎不是在溪上流过，而是在我的脑子中间流过。挨到天亮，跑阳台上一看，溪水还是溪水，是在溪上流的，窗前还立着一棵腰粗的香榧，它羽状的叶子须探出窗外仰视才见。

临走，我回望了一眼昨夜失眠的地方，才知道它叫神龙川。

现在，我是一个一夜没睡的游魂，我在梦游。汽车爬了大约一刻钟的山道，又到了一个叫指南村的村子。村子原名紫南村，但它被改名了，叫指南村了，叫指南村做梦似乎就不那么容易了。如果此刻，我牵着你的手，我们做什么呢？我们还是直奔指南一号民宿睡一觉吧，我困了。然后，等黄昏的时候，我们沿着村道，开始数树，村子里的树，枫香和银杏，都有千把年的历史了，我们把每一棵树都数一遍，从现在到宋朝，我不告诉你，村子里究竟有几棵树。如果你是一条狗，你一定会跟我来的，我不告诉你，你这个色盲，银杏和枫香在秋天的颜色。忽然，我就看见了墙上的一幅照片，果然是一条狗和一个人，踩着满地的银杏叶子在奔跑。

采风是什么呢？采风确实就是像风一样，来了，马上又走了。中午，太阳也出来了，我们被拉到了一个叫棋盘山居的农庄，据说这是临安最大的私人农庄，草坪底下的密室里养着几千条娃娃鱼。午餐，我们居然吃上了娃娃鱼，大概因为它的名字吧，我有一种吃人的感觉。饭后，大家好奇地去密室参观刚吃过的娃娃鱼，我刚吃了它们同类，不好意思见到它们，就躺草坪上睡起觉来了。

但还没睡着，又被拉走了，这回是一寺庙旁，一幢藏式寺庙建筑，晚上我们就住在这儿了。我左看右看，看见了古道两旁可以合抱的柳杉，我象见了故人似的，终于认出了这是什么地方，这是天目山。我突然觉着有话要说，掏出手机，对一个人，发了一条微信：

我说，树好大。

她说，嗯。

我又说，树好大。

她说，你喜欢大树。

我说，也有不喜欢的。

她说，什么树？

我说，柳树。

她说，为什么？

我说，柳树大了，俗。

她说，你在哪儿？

我说，临安。

她说，临安？

我说，临安。

她说，陌上花开，可缓缓归矣。

纳 灰 村

东捷君忽然来电话说，有没有兴趣去贵州兴义玩两天？我没听说过兴义这地方，而且兴义听起来跟北京的顺义也差不多，我本来想说没有兴趣的，但东捷又说某某、某某也去，朋友聚会而已。那我就什么也不想了，连说好，好。

乘三小时的飞机，再乘六小时的汽车，到兴义已经是夜里十点了。我觉着全身疲乏，想，那么大老远地跑这儿来，干什么呢？房间里放了一些资料，是关于兴义的，其中的一本画册，很有些重量，封面上写着一行醒目的字：中国最美的地方。我还来不及翻翻里面的内容，就笑了。我已经知道，这个地方曾经是属于夜郎国的，夜郎自大，果不其然啊。

但是，我的嘲笑也就维持了那么几秒钟，接着我就被画册里面的风景震住了，画册也就介绍两个地方：马岭河大峡谷和万峰林。原来兴义还有这么美的地方，说是中国最美的地方，确实也不算过分。

第二天一早，我们就置身于万峰林的面前了，四周都是雾，万峰林在雾中露着那么一点点端倪，似乎这不是现实，而是某种想象空间。不过，《十月》杂志的文学创作基地揭牌仪式马上就开始了，一大群孩子在列队欢迎，黔西南州和兴义市的主要官员好像全到场了，仪式是隆重得不能再隆重。至此，我才知道我们此行是有个名目的，而不是玩的。可是，因为场地是安排在景区的空地上，看起来又像是玩的。我坐在中间，看着文学和文学杂志被当地赋予如此重要的形式，又觉着这不像是真的，是在某种想象空间里进行的。

仪式结束后，太阳也出来了，这是初冬的太阳，是温暖的，万峰林也揭去了雾霭，完全真实地呈现在了面前，从东到西，据说绵延一百多公里，这样的山，有一座也就足够了，而一万座同时排列其间，那自然是气象万千了。山不高，一二百二三百米的样子，每一座都是独立的，相互之间好像是很有秩序的，又好像是很随意的，它们不像是自然形成的，倒像是人为的，刻意地摆放在这儿，专门供人观赏的。这些山，就是所谓的喀斯特地貌，都是由岩石构成，风化得相当细碎了，有印象派的感觉，上面稀稀疏疏长着一些低短的草木，似有若无的，像是岩石长的毛，就实用而言，它们并没有什么用，但它们确实非常好看，是纯粹的艺术品。上帝有时候也是闹着玩的，在造这些山的时候，大概就是跟人学的，一个标准的为艺术而艺术的唯美主义者。

我们只是在万峰林的某个点上，这个点叫下五屯，它另外还有一个名字：纳灰村。这是布依族的居住地，纳灰就是甜美的意思。汉族在这儿不叫汉族，叫"水又族"，把"汉"字拆开来重新命名，大概是表示汉族在这儿才是少数民族的意思吧。不过，叫水又族也是很有意思的。现在是正午，一群水又族的人不远千里到此观光。纳灰村在空间上几乎是完美的，山、田园、村子、河流，各得其所。村子的两边就是万峰林，中间一片田园，细而

199

小的纳灰河从中穿过，至村口忽然进入地下消失了，好像上帝把纳灰河只赐给纳灰村的人。不知什么时候，村人在纳灰河的消失处造了一个八卦图，这个，可能是水又族的风水先生指点的吧。纳灰村有这么一个八卦在村口震着，不仅可以守住本地的风水，还把外边的风水也带来了，二〇〇五年，有一个大人物就是在纳灰村过的年，一时间，全中国的人都知道了贵州有这么一个纳灰村。

中饭是在村边的饭馆吃的，布依族太好客了，他们敬酒，不是敬，而是喂，一大群少女唱着歌给每个客人喂，若是不喝，她便站在边上一直唱下去。所以，饭后是微醺的，再看，太阳在天上照着，山在边上站着，田园在面前伸展着，纳灰河在下面流着，村子是古老的、安静的、自足的，两条狗，一大一小，躺在墙脚晒太阳，见了陌生人，也不出声。我突然就心生羡慕，觉着在这儿做一条狗，四脚朝天，裸着肚皮，躺在那儿晒太阳，真是不错。

河池随想

一

最初，造物把这一片风景放在河池这地方，就是不想让更多的人看见吧。确实，它太漂亮了，而且，它看上去是那么小巧精致，好像随手就可以把其中的一座山搬回家。如果把这些山放在西湖边，合适是再合适不过了，但它们的命运是否也像雷峰塔的砖头一样，游人随手就带走一座山，那么，不久，西湖边也就尽是废墟了。

这些山和水，被称为喀斯特地貌，对我来说，这是一个莫名其妙的地质学命名。我看见的山是笔直的，水是弯曲的，山是岩石，上面覆盖着低矮的草木，它们竖在那儿，初看是随意的，但细看却是严格按照某种美学原则排列的，我怀疑这就是上帝做的盆景吧。上帝做那么多盆景，扔在河池干什么呢？大概还是想让我们看吧。确实，它除了好看，并没有别的什么用处，这对人类来说，实在太奢侈了。所以千百年来，这儿人烟稀少，我们人类，在此之前，忙于生计，没工夫跑到河池来看上帝的盆景。

201

不知什么时候，人们发现这儿的人都长寿，百岁老人比比皆是。譬如，河池下面的巴马县，大概长寿之人特别多，就被联合国命名为"世界长寿之乡"。也不知是哪位癌症患者，来巴马住了些时间，看了巴马的山，喝了巴马的水，病居然就好了，于是就有更多的癌症患者接踵而至，于是河池又成了上帝的起死回生之地。

　　我想象着那些病人，跋山涉水，远道而来，而河池又是那么的遥远，很可能在半路上就不行了。不过，我们突然就遇上了一个交通突飞猛进的时代，河池的机场已经造好了，这是一个神奇的机场，是造在山顶上的，河池的高铁也在建造了，好像不久也将通车了，现在，想去河池，并不难。

　　这回，我来河池，并不是救命来的，我只是来参加一个笔会。但是，在河池，不谈谈养生，不思考一下生命，好像是不可能的，比如与生命相关的水啊空气啊食物啊，还有那些长寿之人，那就是养生的终极目标啊。让人惊讶并且沮丧的是，这些长寿之人，似乎都有这么两个必备条件，第一，从未离乡；第二，从未读书。从未离乡，不知世界为何物，无欲；从未读书，无知，不用思考人生是什么。如果我是一个病人，那么我还来不来河池呢？如果我不能忘掉那些读过的书、那些见过的花花世界，不能回到无知无欲的原初状态，那我还是没救的了。但是，即便没救了，我想我还是愿意来河池的，死在河池，总比插满各种管子死在医院的床上好，我是看着河池的山、喝着河池的水死的，死得安静。

二

我的老友们，比如东西兄、冯艺兄、张燕玲兄、鬼子兄、凡一平兄、李约热兄、黄土路兄，还有新认识的红日兄、文皓兄等等，到了河池，才知道原来他们都是河池的。这一串名单，他们在中国文学界的分量，不说你也知道，像东西兄《被雨淋湿的河》，单是题目，这种天才的感觉，是堪与加缪"雨把大海淋湿了"相媲美的。

河池出很多寿星，我不奇怪，但河池出那么多著名作家，我着实奇怪。我翻了又翻放在房间里的《河池地方志》，这地方，历史上并不出产作家，甚至很少有作家来过这地方，有名的似乎只有一个徐霞客，而徐霞客也不是以作家的身份来的，而是以驴友的身份来的。就是说，河池出那么多作家，并没有源头，而是突然间冒出来的，所以我一点儿都不明白。照理，寿星和作家好像是两个不同的物种，寿星得无知无欲，而无知无欲，恐怕做不了作家吧。我就很好奇，东西、鬼子这一串作家，究竟能活多久，如果他们个个长命百岁，那就太有意思了。

在河池，写作大概还是一种受人尊敬的行业，这回，主办笔会的是金城江区政府，区委书记、区长，从白天到夜晚，都在陪着我们，而且态度谦恭得一点儿也不像个当官的，估计我们这些外来的所谓作家，都受宠若惊，很不好意思吧。其实，他们不只当官，自己也写作，看得出来，他们确实乐意和作家们待在一起。这是否就是当下河池文风鼎盛的原因了呢？

最后一晚，河池的作家们余兴未了，都玩牌去了，其实我也好玩牌，东西郑重其事附我耳边说，吴玄啊，牌你就别玩了。我不知究竟，只好不玩。然后李约热拉着我和小美女杜宁，去了广场的夜排档，这是一个热气腾腾的夜排档，一进去，我就忘乎所以。李约热这个取了一个貌似洋名的乡下人，是我喜欢的，是只要看一眼可以不说一句话就喜欢的那种兄弟。杜宁，我当然就更喜欢了，但面对美女，是否应该谨慎一些，含蓄一些？但不管怎样，我的记忆就停留在了那个夜晚，我、李约热和杜宁。现在，两个月过去了，我几乎淡忘了河池的风景，但我记着李约热和杜宁，或者我把他们当作了河池的风景。

遵 义 行

　　我向来懒散，懒得什么也不想做，并且什么也不想知道。所以，懒散通常也是无知的。去遵义之前，我对遵义仅仅只有很久以前别人塞给我的一点红色记忆，别的就一无所知了。茅台和茅台酒是知道的，但我不知道茅台是遵义属下的；赤水也是知道的，但我不知道茅台就是用赤水酿的。站在赤水河边，赤水果真是赤色的，还浑，赤水流的分明不是水，而是泥浆。这样的水怎么酿酒？好在导游立即就答疑解惑了，赤水平时是不能用的，但到了重阳节那几天，忽然变得澄明清澈，那时就可以酿酒了。赤水里有别处所没有的一百多种微生物，最宜酿酒，中国的好酒十有六七都出自赤水河畔，比如茅台、习酒、郎酒……这真是奇怪的一条河，好像是上天专门赐给贵州人酿酒用的，但又不能酿得过多过滥，所以它是有时令的，就像水果。

　　我们此行，主要不是奔着酒去的，而是奔着茶去。遵义的茶，在凤冈和湄潭两地，这两个地方，我就更不知道了，我还以为贵州是不产茶的。我以前看过几本茶书，记得茶适宜在海拔三百米至七百米间的多雾地带生长，超过七百米的茶就不是好茶了，味苦。而贵州，海拔大多在一千米以上，那么贵州茶会是什么味？喝贵州茶是否如喝黄连？

　　想象一下，把杭州茶叶博物馆一带的茶园，陡然升高一千米，升到云端里头，就是我们现在身处的凤冈茶园了。这一带的风物，似乎跟江南也并无差别，好像就是从江南的某处搬过来的，因为熟悉，就有种莫名的亲切感。这一夜，我们就住在茶场里面，喝到口里的茶，也有种杭州的味道，甘的，醇的，一点儿也不苦。不过，他们在包装袋上还是标明了凤冈茶的特别之处，富锌富硒有机茶。锌和硒大概是对人体很有用的两种东西吧，标有锌的食物不大见得，但超市里的大米若是标有"富硒"两字，便价格倍增。凤冈的土地是含锌又含硒的，但我并不太喜欢在包装袋上标着富锌富硒字样，我喝茶只是想着茶的味道，一点儿也不想去探究茶叶所包含的成分，如果不叫富锌富硒，而是叫"隐雾""望海"什么的，喝起来是否更有意思些？至于"有机"就更讨人厌了，"有机"两字怎么看也不像汉语，不知道究竟有什么，弄了半天才明白是不施化肥不施农药，就是去化学农业回到传统的意思。可"有机"偏偏让人觉着有种化学的味道，一定是化学家才想得出来吧。

　　第二天，我们爬上一座叫仙人岭的茶山，把山下的茶园仔细看了一遍，就驱车去了湄潭。依旧是茶园，而且除了茶园，山上就没有别的什么了，又因为是丘陵，山是凸起来又凹下去的，真正是满眼绿色的波涛。当地的旅游局长自豪地说，这才是真正的茶海吧，你们来自茶乡，也没见过吧。隔壁凤冈，他们讨巧，我们叫茶海，他们干脆自称茶海之心，哈哈。

　　湄潭确实是茶乡，一九三八年，抗战中的国民政府便在湄潭创办了茶场，这茶估计也是国民政府专用的吧。不久，历时两年

206

长途跋涉的浙大也西迁到了湄潭。现在，湄潭到处都还留着当年浙大西迁的遗址。我就不说浙大西迁，还是说茶事吧。竺可桢校长肯定是爱茶的，好像他还专门请了两位龙井茶师傅来湄潭，从此，湄潭茶就有了龙井的影子。苏步青教授也是爱茶的，于是就有了他的《临江仙·试新茶》：

> 山县寂寥春已半，南郊茶室偏幽。一瓯绿泛细烟浮。清香逾玉露，逸韵记杭州。
> 几日行云何处去，垂杨堪系归舟。天涯底事苦淹留。草青江上路，人老海西头。

茶是香的，苏教授却是喝出了苦味。而我们不过是前来采风的，明天就回杭州了，不可能有"人老海西头"的感慨。我们可能就在苏教授喝过茶的地方喝茶，这茶是好喝的。说来好笑，我们喝茶不是喝出了诗意，而是喝成了一个商人。喝着喝着，我们就想把它重新命名重新包装，我们在做一个文字游戏，嗨，龙井，凤冈，龙在井里，凤在冈上，龙井茶，凤冈茶，不是一对儿吗？如果把凤冈、湄潭的茶统一命名，是否很快就可以跟龙井茶齐名呢？

有意思的是，进得湄潭县城，远远看见湄江边上一座小山顶上矗着一把巨大的茶壶，近了才知这是一家宾馆。当晚，我们就住在茶壶里面，就像是漂浮在茶壶里的一根茶叶，那么，我究竟应该是一根龙井茶呢，还是凤冈茶？

两个词语：上海和浦东

想起上海，突然觉着好有趣，它似乎不是一个城市，而是一个繁殖力无比强大的词语。在我们浙江，一个稍微繁华一点的小镇，通常，它都会有一个别名：小上海。这小镇，若是开了个KTV，或者夜总会，或者洗脚店，必然会有一个名字叫"夜上海"。好像也不只是在浙江，有一次，我们在贵州的大山里头走，荒无人烟，似乎快要走到人类生活的尽头了，蓦然，前面出现一间小破木屋，木屋的门板上贴着三个歪歪扭扭的大字：夜上海。

于是，去上海就成了一件大事。小时候，在我那个离上海其实很远的小村子里，大人们日日都在谈论上海，似乎人人都去过上海。那地方很大，地上铺着黄金，一直铺到大海的边缘，到处都是房子，一模一样的房子，高到天上去的房子，我们乡下人是不能进去的，不是不让进，是不敢进，谁若斗胆进去，那一定是出不来的，没准儿，走着走着就走进海里了，淹死了。因为胆小吧，村人们终究是谁也没有去过上海。终于，我们村最漂亮的姑娘，我姑且叫她小丫吧，她从上海回来了，我不知道她是怎么去的上海，又是怎么回来的。总之，她去了一趟上海，就完全面貌一新了，本来头发是直的，就变成曲的了；本来是穿裤子的，就变成穿裙子的了；本来胸是跟我一样平的，就莫名变得鼓了，她不再是我们村的姑娘，而是一个上海姑娘，她站在村子里，让我们更加神奇地去想象上海。

但是，问题也来了，小丫姑娘开始像上海人那样瞧不起我们这些乡下人了。说起上海人，我们是不喜欢的，我们喜欢上海，但不喜欢上海人。上海和上海人是两回事，上海人是地球外面的一个物种，他们除了上海，以为别的地方都是乡下，而乡下人是落后的、愚蠢的，他们是瞧不起的。大概就是这个原因吧，上海人伤害了所有的非上海人。

后来，我去了北京，发现北京人才喜欢嘲笑上海人，好像他们受上海人的伤害，比我们这些乡下人还多。不过，他们的嘲笑是分性别的，他们只嘲笑上海男人，而不嘲笑上海女人，他们描述的上海男人大抵是这样的，衣着讲究，像女人一样化妆，娘娘腔，小气，小家子气。有一个笑话是经常要讲的，一个上海人请客，拿起一瓶啤酒，倒给四个客人，然后豪气冲天说，来来，今天我们来一整瓶啤酒，一醉方休。咳，咳，和上海男人喝酒，简直就是和一只蚊子对饮。

唉，我们这些非上海人，对上海的情绪就是这么复杂。

现在，我就在上海，在上海的浦东，这地方，曾经也是上海人瞧不起的乡下吧，所谓"宁要浦西一张床，不要浦东一套房"，不过，这些已经是老皇历了，现在，浦东的一套房，想要也要不起了。浦东，以前我也来过两次，第一次是游客，登上了东方明珠塔，上去了又下来了，也不知道自己看见了什么，大概什么也没看见，只惊诧于明珠塔的高，在此之前，我可没登过这么高的塔啊。第二次来浦东，也是游客，就是二〇一〇年的世博会，那个时候，我已过不惑之年，不爱凑热闹了，但经不起诱惑，还是去了。这次照样也是什么都没看见，只见一个硕大的园子，里面有各色各样的建筑，就是哪国哪国的国家馆，门前统统都排着几里几公里长的长队，从白天排到黑夜，我连一个馆也没进过，好不容易找个出口逃走了。这次算是应邀而来，时间也长，把该看的都看了，大剧院、艺术宫（即世博会中国馆）、滴水湖、大飞机制造厂、洋山港。如果这些都是孩子的玩具，那么我还是最喜欢洋山港，它伸到了大海的中央，从上海伸到了浙江的舟山，这港口从岛上往下看，集装箱和红色的吊车，把整座岛都围拢了，非常的有形式感，美。这不像是一个港口，而是一场行为艺术，它的气势似乎可以把整个世界运回浦东，运回上海，运回中国。

我大概是被震撼到了，回来我就试图严肃地思考一些词语，譬如上海和浦东，譬如上海和上海人，譬如上海之于你之于我。大连作家素素说，浦西是上海的前传，浦东是上海的后传，我觉着极是，用当下喜欢的命名，浦东和浦西合在一起，就可以叫新上海了。新上海可是气势恢宏的超级魔都，魔都里的上海人，我想，不太可能像笑话里描述的：娘娘腔，小气，小家子气。我们惯于矮化上海人，其实上海人代表了现代文明和理性，我们对待上海人的态度，正像我们对待现代性的态度。现在，如果一个北京人和一个上海人正在吵架，互相嘲笑，我会支持谁呢？我大概是要支持上海人的，姑且这么说吧，北京代表权力，上海代表欲望，我支持欲望。

最后，我是否可以像个大人物那样下个结论，浦东是很重要的，浦东兴，则上海兴；上海兴，则中国兴。浦东，于你于我，真的很重要。

龙腾狮跃是太仓

　　刚到太仓，主人就说太仓是因为吴王在此设皇家粮仓而得名。我莫名其妙就很高兴，因为我就姓吴，吴王是我家祖上，此地是吴地，此太仓也就是我家的粮仓了。饭后，我翻了翻太仓的历史，原来，在此设粮仓的吴王不是那个为西施亡国的夫差，而是"生子当如孙仲谋"的那个孙权，虽然人家的国也叫吴国，但人家姓孙，跟我也就没什么关系了，我算是白高兴了一回。

　　第二日，我们去了双凤，就在太仓郊区，主人昨晚就介绍了，双凤羊肉最是有名，整条街都是羊肉馆，或者说整个镇就是一个大羊肉馆，好像这不是江南，而是西北的某个小镇。我有点奇怪，他们怎么会那么爱吃羊肉？羊，大概不是江南的固有物种，羊到了江南，就带了浓重的羊骚味，就仿佛一个诗人进了妓院。我可以吃青海的羊肉、新疆的羊肉、内蒙古的羊肉，但江南的羊肉，我闻着就怕，我对这个以羊肉闻名的小镇，几乎也完全失去了兴趣。

　　忽然，就一头钻进了龙狮馆，忽然，就觉着热闹非凡。壁上的龙和展台上的狮子，都鲜艳明亮，憨态可掬，它们好像在此等了很久，等着有人来和它们玩耍。其实，龙和狮子，我从来都没

211

有亲近过，我觉着龙实在是有点丑的，甚至是有点恶的，我不懂中国的皇帝们，为什么要拿龙当图腾，狮子也是象征权威的，有狮子蹲的大门口，我也只想离得远点儿。我没有考证过，舞龙戏狮的习俗始于何时，最初，敢拿龙和狮子来玩的人，真是勇敢的，也是智慧的。当一群人又蹦又跳地举着一条龙，龙就不是谁家的图腾了，当狮子只剩了一张皮，摇头晃脑地在表演，狮子也不再是原来的狮子，它们是被解构了的龙和狮子，它们只是玩具。它们出现在街头，也出现在庄严的场合，它们无所不在，它们既讨好权威，又似乎在戏弄权威。不过，凡它们出现的地方，必是热闹的，是的，它们就是专门用来制造热闹的，它们和锣和鼓一道制造了一种喧嚣的喜感。

说了这么多，其实我对龙和狮子是完全无知的，来过双凤，来过双凤的龙狮馆，才知道龙和狮子的工艺是可以如此精湛的，似乎那不是件玩偶，而是艺术品，拿着艺术品玩耍，也是够奢侈的。原来，我们中国人玩的龙和狮子，我们把它当作中国符号的龙和狮子，大多出自双凤人之手。二〇〇八年，北京大学学生在长城上舞的百米奥运巨龙是双凤人做的；二〇一二年，辛亥革命百年庆典，5568.48 米的超级长龙也是双凤人做的；中国维和部队在南苏丹的龙和狮子，是双凤人做的；二〇〇九年，美国总统奥巴马就职典礼上的龙和狮子，也是双凤人做的。

双凤人自云，双凤是龙的故乡、狮的产地。我未免又有些疑惑，龙和狮之于双凤，就如羊肉之于双凤，这也不该是双凤固有的东西，双凤固有的应该是江南丝竹，是昆曲，是安静的河流，是风花雪月。事实上，舞龙戏狮确实也是攻打太平天国的湘军带过来的，算起来也不过一百多年的历史，但它在双凤却生机勃勃地传承了下来，成了非物质文化遗产，成了一个巨大的产业。

出了龙狮馆，是一座学校，操场边上卧着一条红色的长龙，一群小学生正在摆弄着龙身，见了我们，突然就安静了。龙躺在地上，学生望着我们，不知是谁叫了一声，我们来合个影，和龙和小学生们合个影。但是，小学生们并不愿和我们合影，只远远地望着我们这群阳生人。当地的导游笑了笑，说，这就是我们的龙狮小传人。把龙狮文化引进学校，孩子们可高兴了。

换一种说法，大概就是文化传承，从娃娃抓起吧。双凤人其实是深谋远虑的。

从太仓回来，我想着太仓郊区的双凤小镇，想着镇上的三种动物，龙、狮子和羊，越想似乎越有意思，这三种动物，显然不是双凤的，但又是双凤的，这是否体现了双凤人面对生活强大的虚构能力。

龙腾狮跃，或许正是太仓，或者说江南的另一面吧。

七都和太湖大学堂

我原以为七都跟它附近的同里、南浔，也是差不多的那么一个江南小镇，河道纵横，老房子故人似的静静站在河边。这样的地方，我是熟悉的，也是喜欢的。但到了七都，并非如我想象的那样，七都沿着漫长的太湖湖岸展开，它的前面就是浩渺的湖水，后面是林立的厂房。七都正处在巨大的工业化进程之中，江南古镇的面貌是不复存在了，也许不久的将来，它就要由一个小镇成长为一座城市。

本来，对于这么一个正在城市化的小镇，我并没有太大兴趣，但是，因为有太湖大学堂，就不一样了。这是二〇一二年六月七日的正午，太阳正在头顶上，我们这群应邀而来的文人，进入大学堂走了一圈。学堂很大，占地二百八十亩，临太湖而筑，由七八幢高低错落风格古典的建筑组成，其中有回廊，有庭院。而内部陈设与其说是学堂，倒更像是佛堂，一路过去，并不见人影，都是空的，但这建筑物本身，从外到内，处处透着庄严肃穆，以至我们连说话的声音也小了许多。

此刻，堂主南怀瑾先生或许就在大学堂的某个房间里端坐着。

出得学堂，很长时间，我都有种不可思议的感觉，第一，南怀瑾先生一个人造那么大的一个学堂，不可思议；第二，大学堂居然造在七都镇，不可思议；第三，七都镇居然让南怀瑾造那么大的一个学堂，不可思议。

我虽然从未见过南怀瑾先生，但我是知道南先生的，他是乐清人，原来我居住的边上，一座大楼的楼名就是他题写的，字迹秀气、文气，路过看了让人觉得乐清这地方也是蛮有文化的。南先生现在应该快一百岁了吧，早年，他在峨眉山学过佛，参过禅，在国民党中央军校教过书，国民党败走台湾时，去了台湾，旋又回来，后又去了台湾。二十世纪九十年代初，我在书店偶然看见他讲解的《金刚经说什么》，买回来读了，觉着佛经实在是好玩、有趣，就像童年在大树下听大人谈狐说鬼。从那时起，因为南先生，我对佛经一直保持着兴趣。再后来，他的书就异常地流行了，好像全国的任何一家书店都有他的专柜。他的书那么流行，我想是有道理的，他把没有几个人能懂的佛经，讲得似乎谁都能懂，似乎人人都有佛缘。这样多好啊，恐怕这也是佛的本意吧。

这些年，因为讲佛，在民间，南先生仿佛也成了一个佛。但南先生自己恐怕未必认可，我看过他对自己的评价：一无所长，一无是处。这样的评价应该不是佛的自我评价，而是传统书生的自我评价。一个书生能够造那么大的一个大学堂，在当下中国，大概再没有第二人了。而他的大学堂是造在七都镇的，在此之前，估计南先生跟七都镇并无关系吧，就是说，南怀瑾先生是七都镇引进的人才，七都镇给了他一块地，他就在这块地上把大学堂造起来了。现在，似乎每个地方都非常重视自己的文化资源，就连西门庆也有好几个地方在争来夺去，可是，他们重视的文化往往都是给他们带来金钱的文化，一般叫作文化产业。如果南先生的大学堂是造在他的家乡，是再正常不过的，譬如在雁荡山辟出三百亩地，给他造一个雁荡书院，譬如在江心屿，在那块作为游乐场的地上，给他造一个江心书院，但是，他的家乡没有，他的大学堂是造在了七都镇。

　　不知道南先生怎么就看中了七都镇。他给七都的官员是这样解释的，七都的所在地叫庙港，太湖的庙港，简称就是太庙，我把大学堂造在此处，不就是中国文化的太庙了吗？这当然是玩笑，但无意中似乎也透露了这位百岁老人的一点情怀。姑且不论太湖大学堂是否将会成为中国文化的太庙，但七都这么一个小镇，竟引进了这么一个大人物，无论如何都是一个大手笔，也许这比再建一个工厂重要多了，这是否表明七都这个古镇，在现代化的进程之中，是有根的，有灵魂的？

青瓷·中国

说来惭愧，我去慈溪上林湖之前，并不知道上林湖就是中国瓷器的发源地。瓷器之于中国，倒也平常，但是在早先的西方人眼里，瓷器是什么呢？瓷器就是中国，中国就是瓷器，他们把中国称为"china"，那么，上林湖之于中国的意义也就不言而喻了。

瓷器大约是在东汉也就是公元二十年左右，被慈溪人发明出来的。由谁发明的，怎么发明的，现在已经不可考了。不过，由慈溪人发明瓷器却是顺理成章的，慈溪离河姆渡遗址不过百里，这一带向来就是人类文明的一个中心。慈溪人也就是河姆渡人吧，河姆渡人早在七千年前就使用陶器了，从陶器到瓷器，看起来也就一步之遥。我们人类用了整整五千年的时间，终于在东汉某年，某个慈溪人跨越陶器发明了瓷器，从此，我们的生活也就从陶器时代进入到瓷器时代，我们的国家也就有了另一个名字：China。

慈溪人选择青色作为瓷器的颜色，青瓷就这样诞生了。此后的千余年间，直至南宋初期，上林湖及其周围一带，一直是青瓷的中心产地。这儿归属越州，所以青瓷前面又冠以窑名：越窑青瓷。越窑青瓷就是瓷器的品质象征，茶圣陆羽是这样比较盛茶的瓷碗的，他说，碗，越州上，鼎州次，婺州次，岳州次，寿州、洪州次。或者以邢州处越州上，殊为不然。若邢瓷类银，越州类玉，邢不如越一也；若邢瓷类雪，则越瓷类冰，邢不如越二也；邢瓷白而茶色丹，越瓷青而茶色绿，邢不如越三也。陆羽比较的是当时最著名的邢窑白瓷和越窑青瓷，结论当然是越窑青瓷更好。

大概就是在陆羽生活的唐代中期，越窑里忽然出现了一种叫作"秘色瓷"的青瓷，那是青瓷中的极品，仿佛已经不再是瓷器了。那种青色是无与伦比的，真正是炉火纯青的，陆龟蒙有诗赞曰：九秋风露越窑开，夺得千峰翠色来。千峰翠色，也仅仅是其大概吧，古人还用这样的词语来形容它的颜色，嫩荷涵露，古镜破苔，明月染春水，薄冰盛绿云，从这些词藻隐约可以想象它的颜色了。陆羽所说的类玉类冰的越瓷，大约就是这种秘色瓷吧。

南宋之后，大概是资源的枯竭，越窑青瓷便逐渐衰落了。不过，衰落的只是青瓷的某个产地，青瓷本身是永恒的，是不会衰落的，越窑青瓷之后，立即又有了龙泉青瓷和景德镇青花瓷。如今龙泉和景德镇还在生产青瓷，只是上林湖已不复是当年的瓷都。

就在前几天，我们一行人去上林湖参观，初看，它跟宁绍平原别处的景色并无不同，上林湖四周的山都是很平缓的，很矮的，像是人工堆出来的一个个土堆，土堆上长满了树，湖水就在土堆间绕来绕去，湖光山色啊。只是一脚踩上去，脚下全都是碎瓷片，深入到湖中，伸手去摸看不见的湖底，也全都是碎瓷片，这才真切地感受到是置身于瓷都的古迹之中，上林湖依然在诉说着四个字——

越窑青瓷。

青瓷既是瓷器的鼻祖，也代表着瓷器的美学境界。青瓷是宁静的，诗性的，有灵魂的，就像站在历史舞台当中浅吟低唱的青衣，如果要找一件东西来代表中国和中国人，还有什么比青瓷更合适呢？站在上林湖的那会儿，我一直在想，当初慈溪人为什么就选择了青色呢？是古人本来就崇尚青色，还是因为有了青瓷，青色才在我们的民族文化中变得如此重要？青不仅仅是天的颜色、地的颜色、宇宙的颜色，青也是我们灵魂的颜色，也就是天人合一的那种颜色。我们人生中最美好的那段时间是青色的——青春；我们最喜欢的目光是青色的——青睐；我们舞台上最动人的角色是青色的——青衣；我们最善的一个皇帝是青色的——青帝；我们的历史最好的那部分也是青色的——青史。

当然，还有青瓷。

西施在东钱湖

　　大概很少有人知道吧，西施的后半生是在东钱湖度过的。在此之前，我只知道勾践灭吴之后，西施与范蠡驾扁舟，入太湖，不知所终。

　　东钱湖在宁波，它比西湖大一点儿，比太湖小一点儿，用郭沫若的话说，就是西子风韵、太湖气魄。西施和范蠡待在此处，应该是相当满意的。范蠡日日在现在以他的名字命名的陶公钓矶那儿钓鱼，只是他总是钓不到鱼，好像这湖里什么也没有。很久以后，他才发现，原来是因为西施站在边上，鱼见了她，都沉到水底里去了。

　　范蠡是河南南阳人，也不知道他干吗不远千里跑到勾践手下当了个大夫，不久，吴国灭了越国，范蠡莫名其妙跟着当起了亡国奴。勾践把国内最肥的猪、牛、羊和最美的女人都搜罗了来，派范蠡献给吴王以示忠心，西施就是其中的一件贡品。后来，人们把她编排成一个爱国的女间谍，真是扯淡。那个时候，哪有爱国这回事，范蠡是越国的吗？伍子胥是吴国的吗？勾践并不懂得美，他顶多懂得美是有用的而已，他看她的眼神是充满仇恨的。她的美是夫差发现的，她除了美，什么也不是，她凭什么要背叛他？可如今，她和范蠡待在了一起，这人生被编得比梦还荒唐啊。

　　把范蠡与西施扯在一起，似乎是到了唐朝才开始的，也就是唐传奇兴起之后，唐朝的传奇作家们，终于在吴越的血腥历史里找到了一道缝隙，把西施给挽救了回来，并且让范蠡带着她过起了隐居生活。之前，西施的命运并没有那么好，离她最近的墨子说她是沉江而亡的。汉代的范晔也没有把范蠡和西施列为自家的祖宗，他在《吴越春秋》里也是这样说的：越浮西施于江，令随鸱夷而去。鸱夷，据说是皮革制成的袋子。几年前夫差就是用这种鸱夷装了伍子胥的尸体投入江中。而勾践在夫差愤而自刎之后，也将西施装入鸱夷投于江中，似乎有为伍子胥报仇的意思，只是不知道西施是被活活塞进皮袋子还是死了才塞进去的。

　　其实，勾践并不想夫差马上就死，留着羞辱更有乐趣呢。《史记》载：勾践欲迁吴王夫差于甬东，予百家居之。吴王曰："孤老矣，不能事君王也。吾悔不用子胥之言，自令陷此。"遂自刭死。

　　夫差很有点像后来的项羽，这样的男人肯定是值得为他而死的，西施或者就是虞姬吧，赶在夫差之前，早早把自己结果了。勾践当然大怒，你可是我派去的特务，你怎么可以为他而死，奶奶的，把她装入皮袋，投入江中。

　　如果夫差不自刎，或许西施真的可以在甬东，也就是现在的东钱湖一带，过着恬淡的晚年生活，只是男主角不是传说中的范蠡，而是夫差。

　　夫差确实是自刎了，但是，但是，但是西施不能死。吴越的历史是一部很奇怪的历史，开始它也是一部关于杀伐的历史，后来它就变成了一部关于美的历史，一位美女的历史，这是唯一一部完全被美所改写的历史。勾践是不重要的，范蠡是不重要的，夫差也是不重要的，重要的只有西施，在姑苏，我们心里只有西施；在会稽，我们心里也只有西施；甚至在与西施没有关系的杭州，我们心里也只有西施。

所以，西施是不会死的，那么我们就选择范蠡来替代夫差吧。也许二十年前，范蠡送西施入吴的路上，早已情不能已，现在，姑苏城破了，夫差死了，兵荒马乱之际，范蠡拉着西施亡命天涯，他终于明白，兹事体大，事关此后两千多年所有男人的想象。这二十年他奔波于会稽姑苏之间，并非为了勾践，而是西施，他要替代夫差，带着西施，到甬东去。

现在，他跟夫差一样，也成了勾践的敌人，他连自己的名字也不能用了，他化名陶朱。陶朱者，逃诛也。

图书在版编目（CIP）数据

猫看／吴玄著. — 北京：中国文史出版社，
2020.10

（中国专业作家散文典藏文库·吴玄卷）

ISBN 978 – 7 – 5205 – 1529 – 0

Ⅰ. ①猫… Ⅱ. ①吴… Ⅲ. ①散文集 – 中国 – 当代
Ⅳ. ①I267

中国版本图书馆 CIP 数据核字（2019）第 245810 号

责任编辑：薛未未

出版发行：**中国文史出版社**

社　　址：北京市海淀区西八里庄 69 号院　　邮编：100142

电　　话：010 – 81136606　81136602　81136603（发行部）

传　　真：010 – 81136655

印　　装：北京东君印刷有限公司

经　　销：全国新华书店

开　　本：720 × 1020　1/16

印　　张：14.5　　　字数：169 千字

版　　次：2020 年 10 月第 1 版

印　　次：2020 年 10 月第 1 次印刷

定　　价：58.00 元

文史版图书，版权所有，侵权必究。

文史版图书，印装错误可与发行部联系退换。